向田邦子 おしゃれの流儀

向田和子
かごしま近代文学館 編

とんぼの本

新潮社

おしゃれ上手―向田邦子さんの装い

Kuniko Mukouda

「阿修羅のごとく」「寺内貫太郎一家」などの名作ドラマの脚本家で、エッセイ集や直木賞に輝いた短篇集『思い出トランプ』などがいまも読み継がれている向田邦子さん。また猫好きで旅好き、おいしいものに目がなく、得意の手料理で客をもてなす、といったライフスタイルも人々を魅了し続けてきましたが、装いにも「向田さんらしさ」と呼びたくなるスタイルがありました。

モノがない時代には針と糸を使って自分と家族の縫いものをし、「これが欲しい」となったら高価でも倹約して手に入れ、気に入ったものが見つからなければ、手を打たない。年齢とともにそれまでの信条を変え、流行も取り入れて袖を通す。好みはうるさいけれど、衣食住の衣は暮らしに欠かせないものだからと、決しておろそかにせず、なによりおしゃれを楽しむ。そこにはライフスタイルの根幹をなすようなものがあり、向田作品と同じく古びない強さや確かさを感じます。

没後三十余年を経てなお支持される秘密やセンスの磨き方、装い術などを、おしゃれ上手だった向田さんの衣装やポートレートからうかがい知ることができます。

銀座の洋装店ルネ(26頁)で仕立てたツイードのスーツを着た20代後半の向田さん。

目次

右頁／冠婚葬祭時につけた真珠の指輪。

おしゃれの流儀

向田邦子さんの装いには二十代の頃から「これぞ向田流」と呼べそうな、いくつかの特徴が見て取れます。その流儀を、向田さんと末妹・向田和子さんのエッセイ、そして若き日のポートレートから探ってみます。

流儀 1 いいもの好き

Kuniko

私は子供の頃から、ぜいたくで虚栄心が強い子供でした。いいもの好きで、ないものねだりのところもありました。ほどほどで満足するということがなく、もっと探せば、もっといいものが手に入るのではないか、とキョロキョロしているところがありました。玩具でもセーターでも、数は少なくてもいいから、いいものをとねだって、子供のくせに生意気をいう、と大人たちのひんしゅくを買ったのも憶えています。

「手袋をさがす」『夜中の薔薇』

向田さんは働き始めると、洋服の仕立てを専門店に頼むようになった。このコートは通称「清水さん」という仕立て屋で作ったもの。生地はツイード、色はグレー。帽子は本人のお手製。

Kuniko

三カ月間のサラリーをたった一枚のアメリカ製の水着に替えたのもこの頃です。もちろん、もともと安いサラリーですから、お茶ものまず、お弁当をブラ下げて通い、洋服の新調もすべてあきらめてのぜいたくでした。

アメリカの雑誌でみた黒い、何の飾りもない競泳用のエラスチック製のワンピースの水着で、真っ青な海で泳ぎたい。この欲望をかなえるための、人からみればバカバカしい三カ月間の貧乏暮しは、少しも苦にならず、むしろ、爽(さわ)やかだったことを覚えています。

「手袋をさがす」『夜中の薔薇』

Kazuko

姉はものすごくいいものを着ていた。いま探してもないような、上等の生地で服を作っていたからだ。普通の人の三倍は服にかけていたと思う。

向田和子「センスはピカ一」『向田邦子の青春』

3カ月間の貧乏暮しと引き換えに手に入れたというのがこの水着。ジャンセンというブランドで、銀座のルネで購入した。

流儀 2

基本に忠実

Kazuko

いま写真を改めて見てみると、姉はじつに基本に忠実なおしゃれをしている。流行に左右されない、自分に合った洋服選びだ。おしゃれのセンスはピカ一だった。

向田和子「センスはピカ一」『向田邦子の青春』

向田さんが手にしているカーディガンと袖なしのニットは極細の毛糸で編んだお手製。それにプリーツスカートを合わせた黒のシンプルな装い。出版社の雄鶏社に就職して間もなくの23歳頃。

Kazuko

服のデザインは、基本に忠実ではあるけれど、根本的には新しいもの好きだった。だが、流行にすぐ走るというようなことはない。それがずっと続くかどうかを見分ける目があり、本当にいいもの、新しくても定番になるものを探した。

向田和子「センスはピカ一」『向田邦子の青春』

右／ルネで作った薄いグレーのスーツに白い靴とバッグを合わせて。ウエストをシェイプしたショールカラーのジャケットが上品。上／雄鶏社の「映画ストーリー」編集部で編集者をしていた時代の向田さん。テーラードジャケット姿が凜々しく、来日した名優ジェームス・スチュアートと並んでも引けを取らない。

流儀
3

自分に似合うもの

Kuniko

みながGパンをはこうと、ひげをのばそうと、つけまつ毛をつけようと、自分に似合わないものは絶対に拒否する――そしてだんだん見ているうちに美しいなと感じさせるひとを、私はいま探しているのです。

「忘れ得ぬ顔」『女の人差し指』

まっすぐ前を見つめる瞳には、意志の強さが感じられる。何事も好き嫌いで決めたという向田さんは、嫌いなものや、自分に似合わないと思うものは頑として身に着けなかった。

ルネで仕立てた黒のベルベットのスーツ。12頁のグレーのスーツとデザインはほぼ同じだが、春夏物のグレーのスーツには白い小物を合わせ、こちらのスーツは黒い小物でまとめていた。27歳頃。右／お手製の白い夏のワンピース。黒いベルトでウエストをしぼり、若い女性ならではの清々しさが感じられる。23歳頃。

Kazuko

「傘一本でも、私は一年かけて探す。嫌なものは嫌」と言っていたのを思い出す。「嫌なものは身につけたくない」ということははっきりしていた。いつも自分が好きかどうかだった。「好き」「嫌い」がはっきりしていた。それは、生涯一貫していたと思う。どんなにいいものでも、自分に似合わないと思うと絶対着なかった。

向田和子「センスはピカ一」『向田邦子の青春』

流儀 4

黒、グレー、ベージュ、白——ベーシックカラーを着こなしの基本におく

学校を出て就職した時、
「月給を貰ったら、まず祝儀不祝儀に着て行く服を整えるように」
と父にいわれたのだが、当時私は若い癖に黒に凝り、色の黒さも手伝ったのだろう、「黒ちゃん」と呼ばれていた。

「隣りの神様」『父の詫び状』

Kuniko

姉はいつでも目ざとかった。この頃は、グレーのツイードやベージュのチェックの生地を選んでいて、黒一辺倒ではなかった。

向田和子「ルネ」『向田邦子の青春』

Kazuko

若い頃に黒い服ばかりを着ていた向田さんは、黒い服に合わせるスカーフもたくさん持っていて、この写真のような着こなしを楽しんでいた。

Kazuko

流儀 5

組み合わせとバランス

姉は洋服の着こなし方をよく知っていた。着こなしのバランスというのを、いつも考えていた。
だから、私がセーターの下に白いシャツの襟を出して着ていると、姉はパッと見て、「その白い襟の出ている部分、もっと少なくした方がいい」などと指摘した。色の組み合わせ、色や生地のバランス、袖やスカートの丈。そういったものを厳しく決めていた。

向田和子「映画からおしゃれを盗んだ」『向田邦子の青春』

個性的な帽子やベルトのアクセントも効いて、一分の隙もないくらいバランスのとれた夏の装い。ワンピースも小物もすべて白で統一。

Kuniko

私は女学校五年のとき、セーラー服を縫う内職をしたことがある。別に暮しに困ってやったわけではないのだが、妹たちに作ってやったセーラー服の格好がいいというので、注文がきたのだ。

セーラー服の上衣もズン胴ではなく、ウエストを少し詰める。スカートも、やはりズン胴でなく、ヒップのあたりに細工をしたり、規定よりすこし襞の数を多くする。

それだけで、ひと味違ったスマートなセーラー服になった。

「セーラー服」『女の人差し指』

スカートと同じチェック柄のスカーフを首まわりにあしらうことで、全体が引き締まって見える。向田さんの絶妙な組み合わせとバランス感覚が発揮されている愛らしいコーディネート。アンサンブルのニットは薄いグレー、プリーツスカートはお手製。23歳頃。

コラム…1

センスのよさは手と目から

ベルトと同じ生地のストールを大胆にあしらった、オリジナリティあふれるデザインのワンピース。人目を引く一着だった。25歳頃。

当時の私は、ゆとりもなかったこともあり、着るものはすべて手製であった。グリーンの地に黄色い水玉のリップル地は道玄坂の洋品店で一ヤール三百円で買った品だった。安物だが見映えのする柄で、その日はおろしてすぐだったが、人にもお世辞を言われ、気をよくしていた服だった。

「銀行の前に犬が」『眠る盃』

若き日の向田さんのポートレートを見ると、その容貌の美しさと同時に、おしゃれな装いに目を奪われます。映画スターばりのモダンで完璧な着こなし、好印象を与える小物使いなど、まるでスタイリストがついていたのかと思わせるようなセンスのよさです。これは天与のものか、それともどこかで養われ、磨かれたものなのでしょうか。

「姉は次姉と私に数えきれないほどたくさんの服を作ってくれた」（「ボレロ」『向田邦子の青春』）と妹の和子さんは回想しています。もちろん本人が着る服もほとんどがお手製でした。

向田さんは十五、六歳の女学生の頃から洋服作りを始めました。その頃は戦時中のため、縫うものと言えばモンペやブラウス。作っている最中に空襲警報が鳴り、あわてて防空壕に駆け込み、おさまるとまた家に戻ってミシンをかける。そんなこともあったそうです。洋裁は女学校時代の家庭科の授業で習っただけでしたが、自己流の

昭和三十年代に入り、姉が二十代半ばともなると、次第に、アメリカから輸入した生地や洋服が店先に並ぶようになってきた。姉は上等な生地を探し、自分に似合う型を選んであつらえたり、自分で作ったりした。着る物に妥協はしなかった。

向田和子「映画からおしゃれを盗んだ」『向田邦子の青春』

ブラウス、スカートともにお手製。クリーム色をベースにしたブラウスはウールの上質な生地。黒のタイトスカートは、裾の方が少しフレアーになっている。22歳頃、井の頭公園にて。

アレンジを加えていきます。セーラー服の内職をし、細工を施して仕上げたために繁昌したことや、ピンタックを上手に施すのが自慢だったというエピソードからは、見映えのよさや着心地を考えて向田さんが服作りに励んでいた様子がうかがえます。

戦後になると、外国から輸入された生地が店先に並ぶようになり、向田さんはいち早く手に入れて編み物をし、帽子作りを習い、服作りにも拍車がかかります。女学校を卒業後は一般企業から雄鶏社に転職し、雑誌「映画ストーリー」編集部に配属されます。ここで洋画やグラビア写真に数多く接し、向田さんのおしゃれはさらに洗練されたものになっていったのでしょう。

おしゃれが許されなかった戦時中は自らの手で服を作り、おしゃれを楽しめる戦後になると、目で学び、取り入れる。向田さんのセンスは、このように育まれていったのではないか。向田さんのポートレートと歩みを眺めていくと、そんな想像をしたくなります。

コラム…2

「ルネ」のスーツ

三十代のある日、向田さんは銀座に「ルネ」という洋装店を見つけます。それまでスーツやコートの仕立てを頼んでいたのは、男物を得意とする専門店、通称「清水さん」でした。ルネに末妹の和子さんや次妹の迪子（みちこ）さんと連れ立って行くこともあり、「姉（邦子さん）は店に入ったとたんに、生地の並ぶ棚からお気に入りのひとつを見つけて、『私、これが好き。これにする』と一番に決めるのだ」と店内での様子を和子さんは書き留めています（向田和子「ルネ」『向田邦子の青春』）。

ここで紹介するスーツは、向田さんがルネで仕立てたものです。

ウエストがゆるやかにシェイプされた美しいフォルムのジャケット、小ぶりの襟とくるみボタン、生地は黒と赤のツイードで、裏地はシルク。五十年以上の歳月を経ていますが、いささかの古さも感じさせない一着です。

生地選びに始まり、デザインを決め、採寸と仮縫いを行い、仕上がってくるオーダーメイドは、この時代ならではの贅沢で、値の張るものでした。しかし二十代のジャンセンの水着同様、まだ決して高給取りでなかった三十代の向田さんは、やはり妥協せず、自分のおしゃれを選び取っていました。

上／ルネのスーツ。左頁上／クリーム・ベージュ色のルネのスーツを着た向田さん。小さめの襟を好んだが、これは珍しく大ぶりの襟だった。放送作家になりたての31、2歳の頃。

しばらくして、かちっとした服に飽きかけていた頃、姉は、銀座に「ルネ」という洋装店を見つけた。オーナーが芸大出の画家で、センスがとびきりよかった。銀座の裏通りにある四畳半ほどの小さな店だったが、顧客には有名人が多くいて、ちょっとした社交場になっていた。狭い店の中には輸入もののいい生地がたくさんあって、とても垢抜けていた。

向田和子「ルネ」『向田邦子の青春』

向田邦子ファッション図鑑

向田さんの愛用した服の多くは現在、かごしま近代文学館に所蔵されています。

鹿児島は、転勤族の家に生まれた向田さんが小学校の二年あまりを過ごし、多感な時期ということもあって、どこよりも印象が強く、親しみをこめて「故郷もどき」とエッセイに書いたところです。

直筆原稿や器などの遺品とともに寄贈された向田さんの服を眺めると、四つのくくりに分類できそうです。

よそゆき、普段着、カラフルな夏服、そして「勝負服」と呼んだ仕事着――。

オンとオフで、また年齢とともに向田さんはどんな装いを楽しんでいたかを見ていきます。

ここ一番のよそゆき

スーツ、ワンピース、ロングドレス、コート……
向田さんの「よそゆき」は多彩でした。
二十代の頃はお手製の帽子をプラスし、
後年はスカーフや黒のショルダーバッグを
合わせるなどして、
装いに磨きをかけています。

洋装店ルネのコート。全体のシルエットは50頁に。

スーツ
Suit

お決まりの膝下丈スカート

一九五五（昭和30）年、「働く女性のための服」をキャッチフレーズに発表されたシャネル・スーツは、一九六〇年代に広まり、世界中で高い人気を得ます。その影響から、女性の服は機能性が重視されるようになり、シャネル・レングスと言われる膝下五センチから十センチ丈のスカートが生まれました。

向田さんは仕事の打ち合わせやテレビ局、出版社のパーティなど様々な場所に行くことが多く、そのため、適宜その場所に対応できる洋服が必要でした。そこで活躍したのがスーツです。もちろん、スカート丈は上品な膝下スタイル。

ここでは、様々なデザインのスーツを紹介します。

上は1978（昭和53）年、『父の詫び状』出版祝いの際に撮影された写真。緑色のスカーフをネクタイ風に添えている。右はそのとき着用していたスーツ。ジャケットとスカートのほか、同じ柄でシャツとパンツもあつらえていた。

上右／ワンピースにも見えるチェックのシルクのツーピース。取り外しのできるボウは、他の服に合わせることもあった。上中／シンプルなデザインのジャケットに膝下丈のスカートを組み合わせた、向田さんお決まりのスーツスタイル。生地やボタン、ポケットの位置などの異なる同形のスーツを複数持って着まわしていた。上左／ドラマ「寺内貫太郎一家2」や「だいこんの花」を制作していた時期によく着用していた、ステンカラーのタイトなスーツ。

控えめなアクセントが光る、モノトーンのスーツ

右から　共布のベルトでウエストをマークした細身の黒のスーツ。膨らみのあるボタンが黒の表情をやわらげている。／1980(昭和55)年、「NHK紅白歌合戦」の審査員を務めたときの衣装。色鮮やかな衣装の審査員のなか、女性のなかでただ一人、黒をまとっていたという。ベルベット素材にスパンコールの飾りがあしらわれ、気品漂う一品。／日本の伝統柄である市松模様は向田さんが好きな柄のひとつだった。ノースリーブのワンピースとジャケットがセットになったワンピーススーツ。／光沢のあるベルベット素材そのものがアクセントになっている。ジャケットとロングスカートのほか、いろいろな組み合わせができるように同じ生地でベストやタイトスカートも揃えていた。

ハレの日は、植田いつ子さんのスーツで

植田いつ子さんデザインのジャージ素材でできたスーツ。スカートはジャケットよりも傷みやすいため、同じものを2枚作った。同素材のコート（47頁）もオーダーした。

大きく開いた襟元を、スカーフとネックレスの重ね使いで華やかに演出している。

その場に一番ふさわしい服を着ていないと気持ち悪い、という向田さんの性格ですから、しっかりと目的に合わせて、細かいところまできちっと聞いたうえで、作りました。
向田さんの洋服へのこだわり方は、ほかの人と違うんです。自分にふさわしいものでない限り、見向きもしない。一見、流行に無関心のように見えるのですが、シャツの襟の形や分量まで、細かいところにこだわっていました。

植田いつ子「スープ」『向田邦子をめぐる17の物語』

上／植田いつ子さんデザインのスーツ。脇の縫い目に小さなポケットが付いている。水玉は向田さんの大好きな柄だった。右／1980(昭和55)年、このスーツを着て直木賞受賞式に出席した向田さん。「50を過ぎて、新しい分野のスタートラインに立てるとは、なんと心弾むことでしょうか」と、にこやかに挨拶した。

気品。かくれたお色気。ゆったりした雰囲気。さりげない華やかさ。この四つは、残念ながら私の全く持ち合わさないものですが、植田さんの作る服はこれをみごとに持っています。

そのせいでしょう、この人の服を着ると、自分に無い女らしさのお裾わけにあずかったような気分になります。

「婦人画報」一九八〇（昭和55）年十月号

滑らかな生地を使って流れるようなラインを生み出した、エレガントなチュニックスーツ。植田いつ子さんのデザイン。

「黒」からカラフルへ

映画雑誌の編集者だった時代は「黒ちゃん」と呼ばれるほど黒い服を着ていて、あだ名がつくくらいですから、黒ずくめは当時、目新しく珍しいスタイルでした。しかし、黒い装いは職場からフォーマルな席まで幅広く使えて便利。その合理的な選択に、二十代の向田さんの洋服に対する考えの一端が垣間見えます。そして三十代前半になると、向田さんは明るい色や柄のスーツも身に着けるようになります。ペイズリーやサイケ、プッチ柄が流行したこの時代、向田さんもさりげなく流行を取り入れ、スーツを仕立てても、上下お揃いのスーツスタイルでなく、華やかな柄のジャケットに黒いパンツを合わせるといった向田流の着こなしを楽しんでいました。

①ワンピースと半袖ジャケットの組み合わせ。絵具を落としたようなマーブル模様。②ツイードの表情を生かしたジャケットとパンツ。③青地にピンクと白の小花をちらしたかわいらしいデザイン。④人目を引く鮮やかな色のチェック柄が大胆なシャツスーツ。⑤④と同じデザインのストライプのスーツ。⑥向田さんお気に入りの柄のひとつ、ペイズリー柄のスーツ。⑦短い丈が特徴的な襟なしジャケットとスカート。⑧黄色がアクセントになったペイズリー柄が個性的。

晴れ舞台の装い

Formal wear

派手な服はあまり好まなかった向田さんですが、自らが主役となる時と場所には、ロング丈のドレスなどよそゆきの中でも華やかな装いで出かけています。

たとえば直木賞の贈呈式ではシックな水玉のツーピース（36頁）を着用し、森繁久彌さんや黒柳徹子さんら俳優と仕事仲間が賑やかに集まった直木賞受賞を祝うパーティでは、透け感のある柔らかなシフォンのチュニック（42頁）をまとっています。どちらも植田いつ子さんのデザインですが、向田さんの印象が違って見えます。小説家デビューを果たした賞の贈呈式では新人らしく初々しく、お祝いのパーティでは晴れがましく、心なしか女らしく。こんなところにもTPOに合わせた服選びとセンスのよさが見て取れます。

控えめながらも目を引く華やかさがあり、印象に残るロングドレス。茶色に映える、ブルーとグリーンの柄はまるでブローチのよう。ボタンにあしらわれたラインストーンもポイント。

テレビ大賞の受賞式でスポットライトを浴びる向田さん。
手にはクラッチバッグ。

花柄のロングドレス、テレビ大賞受賞式にて

一九七四（昭和49）年、脚本を手がけたテレビドラマ「寺内貫太郎一家」（TBS）が放送されます。石材店を営む寺内家を舞台に、ワンマン家長の貫太郎とその家族が繰り広げる笑いと涙のこのホームドラマは高視聴率を記録し、国民的な人気番組となりました。そして同年、この作品はテレビ大賞を受賞します。受賞式に、向田さんはシャツワンピースタイプのロングドレスで出席、四十五歳の晴れ舞台でした。

同素材のスカーフがセットになったチュニック。首元のボタンだけで留めるケープのようなデザイン。

……向田さんの人気が、どのくらい凄いかが、誰にも、はっきりとわかる賑やかな楽しい集りだった。

ふだんは、絶対に、私に仕事のことで、ものを頼んだ事のない向田さんが、私のマネージャーを通して、そのパーティの司会をしてほしい、と連絡があった。「忙がしいのは、わかってるけど、どうしても、やって頂きたいのよ。わがままいって悪いけど、これだけは、やってほしいの」

私は嬉しかった。向田さんのお役にたてる事も嬉しいし、向田さんの晴れの舞台に、一緒にいられる事も幸せだった。

当日の向田さんは、少し透けるシフォンの、グレーと黒のぼかしと、黒のパンタロンのイヴニングで、よく似合っていた。


黒柳徹子「霞町マンションBの二」『トットひとり』

モノトーンの衣装をまとった向田さんの晴れ姿は、司会の黒柳徹子さんの記憶に鮮やかに刻まれている。

シフォンのチュニック、直木賞受賞を祝う会にて

一九八〇（昭和55）年七月、向田さんは短篇「花の名前」「かわうそ」「犬小屋」で直木賞を受賞。同年十月、友人の黒柳徹子さんが司会を務めた「直木賞おめでとう向田邦子さんを祝う会」が開かれました。向田さんは植田いつ子さんデザインのシフォンのチュニックで出席。動くたびにかすかに揺れるシフォンの衣装は、五十歳の向田さんの美しさを引き立てていました。

右／ストライプのワンピース。ベージュ地には黄色い格子模様が入って、ニュアンスを添えている。左／ボウ付きのプリントワンピース。幾何学模様も向田さん好みだった。

一九七〇年代に流行したボウタイ付きのプリントワンピースは四十代の向田さんのお眼鏡にかない、右頁の二着はとくに気に入って着ていたものだそうです。夏物以外のワンピースは、黒やベージュといった落ち着いた色がほとんどで、柄はどれもすっきりしています。

二十代の頃は洋画の衣装や雑誌をお手本に、体の線に沿ったタイトなワンピースを自分で縫い上げて着ることもありましたが、徐々にゆるやかなシルエットのものに移行しています。若々しいおしゃれから大人のスタイルへ、ワンピースから向田さんの着こなしの変化が見られます。

右／厚手のツイードのジャンパースカート。黒のセーターを合わせるのが定番のスタイルだった。左／シンプルで上品な色合いのニットワンピース。くすんだグリーンは、40代以降に好むようになった色。コーディネートの差し色にすることが多かった。

コート
Coat

冬のファッションの主役ともいえるコートは、とくに長く着られるデザインのもの、そして「いいもの」を選んでいます。植田いつ子さんがデザインしたベージュ色のファー付きコートは、その象徴のような一着です。若い頃にルネで仕立てたコートも、ボタンを付け替えたりしながら長年、大事に着続けていました。

またトレンチコートはいつの頃からかお気に入りのアイテムに。食べ物においても、ひとたび気に入ると繰り返し食べ、試して作ってみたというほどの凝り性で探究心のかたまりだった向田さんは、トレンチコートも色違いや素材違いで何着も揃えていました。

上／J&Rのトレンチコート。襟と裏地に毛皮が付いて暖かい。1981(昭和56)年のニューヨーク・ロケハンの際にも着用。右／ニューヨークの街角で。頭をすっぽりと包むニットの帽子(57頁)をかぶっている。

書きながら、だんだんと威勢が悪くなったのは、私も毛皮を持っていることに気がついたからである。

毛皮のコートは持っていないが、コートの衿になら、くっついている。

リンクスである。ベージュの地に斑点のある毛足の長いもので、日本語でいうと大山猫である。はじめは、何の毛皮かよく判らず、気軽にリンクスと呼んでいたのだが、すぐに大山猫と判った。

「ミンク」『霊長類ヒト科動物図鑑』

上／伸縮性のあるジャージ素材のファー付きコート。植田いつ子さんのデザインで、同素材のスーツ（34頁）も一緒にあつらえている。
左／このコートを着て自宅マンション前を歩く向田さん。

旅先にて。もともと軍服で、男性服の象徴であるトレンチコートを着ると、かえって女性の色気が感じられる。

1981（昭和56）年、「隣りの女」ロケハン先のニューヨークで。この年は2月と3月に2度、ニューヨークを訪れた。

旅にはトレンチ

忙しい合間を縫って国内外の旅に出かけた向田さん。取材旅行など、仕事を兼ねての旅も多かったようです。亡くなる年には、ドラマ「隣りの女」のロケハンのためにニューヨークを二度訪れています。その時に持参したのが二着のトレンチコート。冬の国内旅行にはまた別のトレンチを着ています。

一九七〇年代にアーミールックが流行った際、日本でも注目されたトレンチコートは、旅に適したコートとして活用していました。

右／ニューヨーク・ロケハンの時に着ていたチェックのトレンチコート。中／これは左のベージュのコートから取り外したライナー。薄手のコートとしても使えた。左／オーソドックスなトレンチコート。ライナーを取り外すと春先や秋口でも着られる。

コートは厳選、長く愛用できるものを

深みのある赤に金ボタンが映える、ルネのコート。生地と同じ色のボタンが付いていたが、何年か着た後、金ボタンに付け替えた。お気に入りだからこそ、繕い直したり飽きがこないようにしながら長く愛用した。

右上の写真は近所の骨董店にて。ベルベット素材のマントは33頁のスーツと同じ生地。このマントには黒いブーツを合わせることが多かった。

鹿児島への取材旅行（1979年）で羽織っていたコート。裏地の白がポイント。ゆったりとしたデザインで上品な雰囲気が漂う。

1981（昭和56）年5月、ベルギー旅行にて。上のオレンジ色のコートをまとい、コートの下には黒いパンツを合わせている。

バッグとシューズ

Bag & Shoes

使い勝手がよく、フル活用していたグッチのショルダーバッグ。

向田さんの持ち物の中で数少ない、金糸で編まれたパーティバッグ。

「私の身近な例でいうのだが、大きなバッグを持って、一切合財抱えて歩く人は長女が多い。
　ハンカチ持たずちり紙持たず、せいぜい口紅一本と小銭ぐらいで、イザとなったら誰かに借りるわ、という超小型バッグのひとは末っ子タイプ、少なくとも長女ではないような気がする」

（「ハンドバッグ」『女の人差し指』）。
　長女の向田さんは、やはりバッグにたくさん物を入れて持ち歩くタイプだったようです。仕事用には収納力抜群の革のショルダーバッグ、靴は八センチのハイヒールです。どんなに忙しくとも、靴は磨いていたといいます。

ショルダーバッグとハンドバッグはともにシンプルで、実用性のあるデザインを好んだ。色は黒か茶、とくに収納力は絶対条件だった。「私のハンドバッグときたら、整理整頓もあらばこそ、やたらといろんなものが突っ込んである」（「ハンドバッグ」『女の人差し指』）と告白している。

靴はピカピカ、ヒールは八センチ

クリスチャン・ディオールのバックストラップシューズと、お揃いのバッグ。バッグにはストラップが付いているが、中に収納してクラッチバッグとして使うことが多かった。

靴は、安定感のある太めのハイヒールを好んだ。ヒールの高さは8センチ前後。左頁右上の、ベージュと黒のバイカラーのバリーのパンプスは、直木賞受賞記者会見のときにも履いていたお気に入りの一足。

向田さんが履いているのは右上のバリーのパンプス。
テレビドラマの収録現場で。

脳ミソの量に比例するらしく、頭が小さいので、黒いマントにハイヒールなどはいて気取ると大きく見えるらしく、ついこの間、朝日新聞で百六十センチと書いて下さった。私はこの記事を切りぬき、朝日新聞の方へ足を向けて寝ないようにしている。

「臆病ライオン」『無名仮名人名簿』

帽子あれこれ

コラム…3

小さな頭をすっぽり包む、形のいいフェルトの帽子。向田さんがかぶっている帽子は、すべて本人のお手製。

二十代半ばの「映画ストーリー」編集者時代、向田さんは帽子作りを習いました。週に一度、先生のもとに通う個人レッスンで、二週間に一度の割合で新しい帽子が出来上がり、かなりのコレクションになったといいます。

その頃に撮影された、自作の帽子をかぶった写真が残っています。気軽にはかぶりにくいファッショナブルなデザインのものもありますが、その理由を次のように記しています。「私も相棒も、昼間は勤めているわけだから自分の帽子となると、地味な当りさわりのない形にしたいのだが、それでは腕が上らない。三度に一度は、ヴォーグにのっているようなのもつくらなくてはならなかった」（「なんだ・こりゃ」『無名仮名人名簿』）。

後年、帽子をかぶるのはもっぱら旅先でした。防寒や日よけのため、行先の気候風土に合ったものを選んでいました。

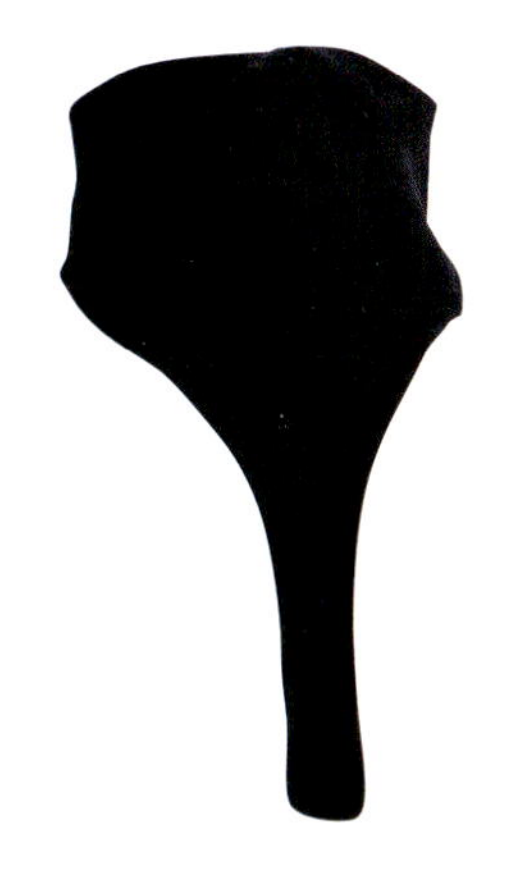

ポートレート以外の帽子のほとんどは向田さんとともに国内外を旅したもの。真冬のニューヨークにはニット帽を、アマゾンやアフリカにはカーキ色のサファリ帽をかぶっていた。

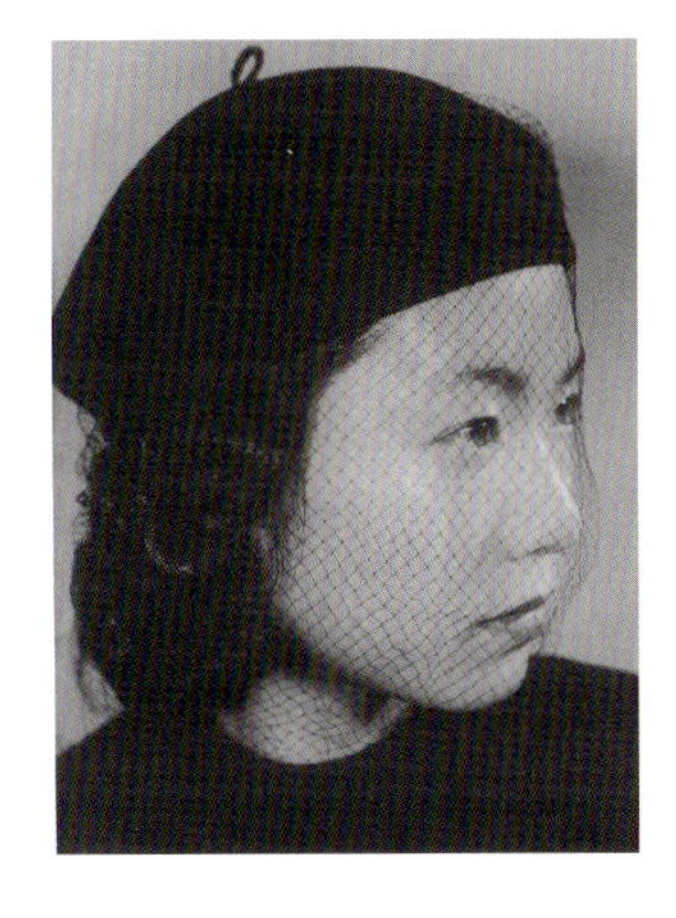

装いについて──向田邦子のエッセイを読む

家族や日々の出来事を綴った向田さんのエッセイには、服や装いについての話も登場します。七歳にして知った服選び、敬して遠ざけていたものへの挑戦……人づきあいや生き方そのものに通じるものがあると、解き明かしています。

黄色い服

デパートの洋服売場を歩いていて、ふとよみがえるものがあった。

四十何年か前に、たしか七歳の幼い私は、ひとりで子供服売場を歩いた記憶がある。ひとりで、と書いたが、別に孤児(みなしご)ではないので、父も母もちゃんといた。デパートの別の売場で、父のラクダの下着かなんか見ていたのだと思う。私は両親に連れられて夏のよそゆきを買いに行ったのだが、うちの親は私を子供服売場へ連れてゆくと、

「お前の好きなのを選びなさい。ただし、今年は一枚しか買ってやらないよ。デパートに迷惑をかけるからあとになって泣いて取り替えることは出来ないのだから、ようく考えて決めなさい」

すこしたったら見にくるから、と言い残して居なくなってしまったのである。

私は子供のくせに、好みにうるさいと言うのか我がままで、嫌いな色の手袋だとはめずにいて、しもやけが出来てしまう、というところがあった。洋服の形にもやかましくて、このリボンはいらないから取ってくれと、駄々(だだ)をこねたことがあった。そんなところから、親にしてみれば懲(こ)らしめてやれというおもんぱかりがあったのかも知れない。

季節は初夏であったと思う。デパートは、当時父の仕事の関係で住んでいた、宇都宮の上野という店である。

デパートの人はさぞびっくりしたろうと思う。小さい子供がひとりで、洋服売場をかけ回り、いろいろな洋服を胸にあてがっているのである。

待ちくたびれた親を、待合室の長椅子で散々待たせてから、ようやく私が決めたのは黄色い服であった。黄色の絹の袖なしで、胸のところにシャーリング（縫い縮め）があり、胸から下には、クリーム色のオーガンディがふわっとかぶさっていた。胸には黄色と黒のオーガンディでつくった造花がついていた。黒は、袖なしのところにも縁どりとしてあしらってあ

った。今まで一度も買ってもらったことのない綺麗な色の、フワッとした夢のような服を、子供心にいいなあと思ったのであろう。

ところが、父は私の選んだ黄色い服を一目見るなり、

「カフェの女給みたいな服だな」

吐き出すように呟いた。カフェの女給さんというのを見たことはなかったが、祖母や母の会話から、香しくない職業の人たちということは見当がついた。

この服は、その夏と次の夏、私のよそゆきとなったわけだが、どうもこの服を着ると、父のきげんが悪いのである。

「また、その服か」

と、いやな顔をする。

ほかの季節にくらべて、よそへ連れていってくれる回数が少ないように思えた。「カフェの女給」といわれたせいか、母の鏡の前に立つと、すこし品が悪いようで気が滅入った。ほかのにしたいと思ったが、前の年のは体に合わなくなっているし、自分で選んだのだから文句を言うな、と釘を差されているので、これで我慢するよりほかはなかった。

これを皮切りにして、うちの親は洋服を買うときは私に選ばせてくれるようになった。といっても一人で売場に追っ放すということはあれ以来無くて、そばについているだけなのだが。

選ぶ方の私も慎重になった。

ちょっと見にいいと思って選ぶと、あの黄色い服のように失敗をするのである。帽子にも合わなくて、損をするのは自分だということに気がついていたのであろう。

次の年の冬だったか選んだぶどう酒色のオーバーは評判がよかった。

「お前がそれを着てると、お母さん、うれしくなるわ」

と母も言ってくれた。黒いエナメルの靴とも合ったし、黒いビロードの背広を着ている弟と並んで写真を撮ったら、とてもうつりがよかった。

「あのオーバーに合うと思って」

と、ビロードで出来た黒猫の子供用のハンドバッグを下さった父の友人もいた。少し地味目の品のいいものを選ぶと、自分も気分がいいし、まわりもきげんがよくて具合がいい、ということをこのとき覚えた。このぶどう酒色のオーバーは、妹二人にお下りをして、そのあと長くうちの物置きで眠ってから、戦後の衣料のない時期に、妹のハンドバッグと帽子になった。つまり二十七、八年もの間、わが家にいたことになる。

今にして思えば、これもまたひとつの教育だったと思う。勿論、これは結果論である。大して教育もない明治生れのうちの親に、そう大した教育理念があったとは思えないが、長い歳月を経て考えれば、私はあれで、物の選び方を教わった。

責任をもって、ひとつを選ぶ。

選んだ以上、どんなことがあっても、取りかえを許さない。泣きごとも聞かない。親も大変だったと思う。私が選んだものを、高いから嫌だとは一度も言わなかったが、保険会社の支店次長だった父がそうそう高給を取っていたとも思えないからである。何枚も買わされるよりいいと考えたのか、それとも、この方がこの子のためになると思ったのか。

はじめて黄色い服を選んで、四十年以上もたっているが、この頃になって、これは、洋服だけのことではないなと気がついた。

職業も、つき合う人間も、大きく言えば、そのすべて、人生といってもいいのか、それは私で言えば、黄色い服なのであろう。一シーズンに一枚。取りかえなし。愚痴も言いわけもなし、なのである。

『男どき女どき』より

革の服

革を着るときは気負いが要る。

覚悟のようなものが要る。

自分に号令をかけて励ますところがある。胸の奥の気おくれや、小さな罪の意識をわざとそそり立てるような〝はしゃぎ〟が要る。大袈裟に言えば加虐的な快楽といったような意地の悪さもある。

着ているうちに、そういったものがいつの間にか体の温みと馴染んで融けてゆく不思議な面白さがある。

けものの皮を着るのはうしろめたい。

かなり長いこと、そう思っていた。〝殺生〟の二字が瞼の裏に見えたりかくれたりするようで、手を出すことなく過ぎていた。

考えてみればおかしなはなしで、皮の靴をはき、ステーキはミディアム・レアで、などという口の下から、ミンクのコートは残酷よ、もないものである。絹だって蚕が我が身を殺して作り上げた繭から作るものだし、ウールは羊を丸裸にして寒い思いをさせているのである。

真紅の革のシャツを粋に着こなす。

小さな溝をひとつ飛び越すつもりで着てみたら、申しわけないことだが、着心地がいいのである。丈夫で暖かい。なにより皺の寄らないのが嬉しい。これも考えてみれば当り前のことで、坐っただけで皺の出来る狼やミンクはいない。苛酷な生存競争を生き抜くためにそなわった条件を、そっくりそのまま人間様が横取りしたのだから、便利なのは当然であろう。

もともと私はタブーの多い人間なのだが、革にはもうひとつコンプレックスがあった。

昔でいえばグレース・ケリー。今でいうならフェイ・ダナウェイのような長身痩せぎす。鼻筋の通った唇の薄いひとしか似合わないと決めていた。

私のような団子鼻のコロコロが着ては物笑いである。死んだ狐やミンクも浮かばれまいと遠慮をしていたふしがある。

ところが三十を過ぎ四十も半ばを越したあたりから、少し考えが変ってきた。着たいものを着ようという気持になった。よそおう楽しみは、他人様にどう映るかも大切だが、自分だけのひそかな喜びもかなり大きいものがある。

意味のない潔癖から人や物の好みにこだわり、あれは嫌、あの人も嫌いと自らせばめて生きてきたことが、少し勿体なくなったのであろう。

春が行ってしまい夏も終って、人生の秋から冬にさしかかっているせいかも知れない。今まで知らなかった革の肌ざわりの中から〝挑戦〟や〝若さ〟や〝冒険〟や——そんな単語が生れてくる。

『夜中の薔薇』より

「さよならパリ」の二つの世代

お暑い折ですから、すこし背筋がヒンヤリと冷たくなる話題を選びましょう。といっても別にフランケンシュタインやドラキュラのお話ではなく〝女性の年齢〟のこと。「私はまだ若いから」とおっしゃる方も、あと三、四年するときっと思い当たるおはなしです。

最近封切られた「さよならパリ」（東和映画配給）をごらんになった方は、二人の主役ジーン・セバーグとミシュリーヌ・プレールをくらべて、二つの世代の相違をイヤというほどお感じになったことと思います。

髪型やドレスのデザイン、アクセサリイ、歩き方などの動作から体の線、そして、にじみ出る女性としての魅力まで、ハッキリと二人は区別されていました。

まず、かいつまんでストーリーをおはなししますと、パリの百貨店で敏腕をふるう三十代の女ざかりのデザイナー、ミシェール（プレール）は、情人フィリップ（モーリス・ロネ）を親友に横取りされた報復として、アメリカの田舎から出てきたばかりの十九歳のアン（セバーグ）をフィリップに近づけます。アンはフィリップに情熱をささげますが、この〝危険な関係〟自体、ミシェールとフィリップの〝大人たち〟（原題）の遊びであった——という皮肉なおはなしです。

何しろ舞台は恋の都パリですし、プレールの職業はデザイナーです。この映画のみどころは、恋のかけひきや女心の微妙なアヤもさることながら、美しいパリのたたずまいと、二人の衣裳に集中されるのは当然でしょう。

そこで、十代と三十代――つまり、ごく若い年代と、ぼつぼつ若さと訣別しようとしている三十代も半ばをすぎた年代をモードで比較してみましょう。

プレールは、大体においてツウピースをご愛用です。デザインはどれもシンプルなもので、フリルやピンタックなど、どこをさがしてもみつかりません。布地も、やわらかくどっしりした絹か薄手上質のウール。ウエストをルーズに仕立て、全体にゆったりとゆとりをもたせて、エレガントな落着きをみせています。

セバーグの方は、これと全く対照的で、大部分が木綿のフレヤー・スカートのワンピース。水玉だったり、白地に白いプリントを織り出したものだったり――プレーンで何の技巧もこらしていません。

デザインもウエストをキリッとしめあげてしなやかな若さを強調しています。アクセサリイも、夜の外出のとき以外はほとんど身につけてはいませんでした。

これにひきかえ、プレールのアクセサリイに対する心くばりは、まさに技巧の極致。ゴージャスな三種類のネックレスをかけ、その複雑なハーモニーをアクセントにしたり、うずらの卵より大きなトパーズの指環を輝かせたり――。

髪型もセバーグは例のボーイッシュなカットでまだ幼なさの残る首すじの美しさをみせ、プレールは大まかに波うった髪で〝大人〟のムードをかもし出していました。

こうならべて、どちらがあなたのお気に召すかは別として、二人ともそれぞれの年代にふさわしいおしゃれをしてみせてくれているということがいえます。いや、ふさわしい、というより、その年代を最も美しくみせる最大公約数のおしゃれ、といってもいいでしょう。

年齢と個性のかねあい

おしゃれを語るのに、忘れてはならない条件がいくつかあります。まず個性・環境、そして年齢も大きなポイントになりましょう。

たとえば、あなたが、年齢など超越した独特の個性の持主であれば、おしゃれも年齢になんかこだわることはありません。

マレーネ・ディートリッヒをみて下さい。彼女、五十七歳にみえますか？　一世を風靡した美しい脚は今も全然崩れをみせず、若々しい体の線も変りません。世界で一番チャーミングなおばさま、という称号をもっているそうですが、彼女の場合はまさしく世間なみの五十代のおしゃれをしたらその個性は半減してしまうことでしょう。同じことが五十二歳のキャサリン・ヘップバーンにもいえます。このオバサマはいまだに、ほっそりとしたスラックスをご愛用で、それがまた何ともシックだというのですからおどろきます。

だが、実を云って、こういう人こそ例外でしょう。人間は、特に女は、二十五歳をすぎると、皮膚も体の線も実に正直に年をとってゆきます。

「私は永遠に二十九歳よ」とがんばるのも、たしかに、気持の支えにはなり、多少の若さを保つことには役立つでしょうが、生理的にみて、どれほどの効果があるかは疑問です。

そこでお話をスクリーンにもどしますと、私たちは沢山の女優さんを知っています。

その中の何人かはごひいきであり、ひそかにああいう美しさと魅力を身につけたいと願って、時には同じタイプのドレスをつくったり髪型をまねたりしています。

しかし、実際に彼女たちは何歳でしょうか。あなたの夢に水をブッカケる失礼をまずお詫びして、何人かのお年をお教えしましょう。

イングリッド・バーグマン　44歳
デボラ・カー　40歳
エバ・ガードナー　39歳
ドリス・デイ　37歳
マリリン・モンロー　35歳
ジーナ・ロロブリジダ　33歳
オードリー・ヘップバーン　32歳
デビー・レイノルズ　29歳
エリザベス・テイラー　29歳
ブリジット・バルドー　27歳

そして、「さよならパリ」の二人の主人公ミシュリーヌ・プレールは39歳、ジーン・セバーグは22歳なのです。

こう並ぶと、何人かは年相応であり、また何人かは異常に若く見えることにお気づきでしょう。デボラ・カーは五、六年前から中年女性の気品と落着きをもっていました。デビー・レイノルズは相変らず娘々して若々しい。

しかし、共通していえることは、若くみえ年相応にみえる相違はあっても、みなそれぞれに美しく魅力に溢れていることです。

彼女たちは職業柄、年齢から来る容色のおとろえを防ぐ努力は恐らく人一倍しているでしょう。そしてその上に自分だけの個性をミックスして独特のものをつくり出しているのです。

若さだけを誇り、老いを恥じるのはたしかにナンセンスです。また、度はずれた若づくりもカマトト的ですし、逆に背伸びした渋好みもまた嫌味なもの。かといって、判で押したような十代、二十代、三十代のおしゃれも面白味がありません。

女性が年齢を聞かれたとき、本当の年齢より一つ二つ、人によっては五つか七つ、若くいうのをサバをよむといいますが、これは日本だけでなく世界共通の現象とみえます。

この女心の機微をついた警句が外国にはあります。

〝女性の誕生日には忘れないで花束をとどけるが、その年齢は忘れている男を紳士という〟

残念ながら、日本の男性は、こういう訓練不行届きですから女性はたえず、年齢との闘争をつづけなければなりません。

その闘争の作戦計画に、映画は案外役にたちます。「さよならパリ」をもう一度思い出してみましょう。ミシュリーヌ・プレールは首すじや眼尻には幾条かのしわがうかがわれ、素顔の美しさではジーン・セバーグに対抗すべくもありませんが、その巧みな着こなしや、自信に溢れた身ごなしは、年輪を重ねたよさとなってすばらしい魅力をつくり出していました。お若い方も無縁のことと思わずに、近い将来の参考のために、たまにはこういう見方をしてみるのもいいのではないでしょうか。

『向田邦子　映画の手帖』より

普段着の華やぎ

普段の装いにも向田さんのお気に入りと定番がありました。
自宅マンションでは襟のないシャツやベスト、チュニックなどを好んで着ていました。
着心地重視、ちょっとした外出でもそのまま出かけられる見映えのいい服です。

プルオーバーシャツを着て、自宅マンションで
愛猫マミオとくつろぐ。

お気に入りは買い占め

フィリップ・サルヴェのプルオーバーシャツ。襟元や胸元の見返し部分に花柄の布があしらわれていて、ボタンを外して着ると花模様がアクセントになる。

四十代後半の頃からか、とくに気に入って着ていたのは、フィリップ・サルヴェというブランドのプルオーバーシャツです。友人の小泉タエさんに褒められると、「木綿のメリヤスで、なんでもない形だけど、着やすくて、それに写真に写ると不思議に恰好がいいの」と応え、「寺内貫太郎一家」の稿料を受け取った日に店にあった同じシャツを買い占めてしまったと明かしています（小泉タエ「月」『向田邦子ふたたび』）。その後、向田さんはこのシャツの色違いを小泉さんにプレゼントしています。

ニットのロングベストもお気に入りで、インタビューや対談のときにも着ています。そして馴染みの店にふらりと食事に行くときなどによく着ていたのはニットブルゾンでした。

妹の和子さんと東京・赤坂に開いた小料理屋「ままや」にて。お気に入りのニットブルゾンを着て。

迷っているところへ電話。今年のベストドレッサーに選ばれましたとおっしゃる。え？　と絶句。電話を切って、声を立てて笑ってしまう。
マンションの部屋で、五十女がひとり笑うの図は、我ながら薄気味が悪いが、どうにもおかしくて仕方がない。
鏡にうつるわが姿は、どうみても西洋乞食である。靴下が嫌いなので、この寒空に素足にサンダルで、葱（ねぎ）や大根を抱え、青山通りを駆け出している姿をご存知ないとみえる。

「下駄の上の卵酒　酒中日記1」『夜中の薔薇』

デザインの似ているニットブルゾン。丈の長さが違い、片方はポケット付きで、
襟はどちらも取り外し可能。普段着にもよそゆきにもなる便利なアイテムだった。

着用頻度の高かったニットのベスト。自宅で着ていたが、「徹子の部屋」のゲスト出演、ドラマ「隣りの女」制作記者会見、スタイリスト原由美子さんとの対談の際にも黒のタートルネックに合わせて羽織っている。尊敬する画家、中川一政さんとの対談にも、このベストを着ているが、白いスタンドカラーのブラウスを合わせ、装いに変化をつけていた。

シャツ
Shirt

同じものを色違いで

エルメススポーツのニットシャツにはこんな風に
同系色のスカーフをあしらった。

襟付きのシャツは外出着として、また自宅でインタビューを受ける際にも着用していました。

ここに紹介するエルメススポーツのニットシャツは、同じデザインを色違いで揃えています。単色のシャツに、カラフルな模様のスカーフを巻いて印象的なコーディネートに仕上げるのが得意でした。

襟の形が特徴のエルメススポーツの
ニットシャツ。肌触りは抜群。

白いシャツの贅沢

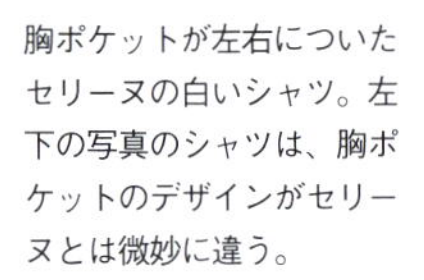

胸ポケットが左右についたセリーヌの白いシャツ。左下の写真のシャツは、胸ポケットのデザインがセリーヌとは微妙に違う。

一九八〇（昭和55）年、直木賞の選考委員だった山口瞳さんは向田さんの作品を強く推しました。初ノミネートで見事受賞が決まると、白いスポーツシャツをお祝いの品として贈りました（山口瞳「ガッカリ」『男性自身 木槿の花』左頁）。エッセイにはその後日談も記されています。向田さんは「でも、私、ああいう白いシャツって着られないんです。晴れがましくって」と口をすべらせたとか。それでも向田さんの衣装棚にはセリーヌの真っ白なシャツがあり、また別の白いシャツを着たポートレートも残っています。

写真では白いシャツを堂々と着ていますが、この日、晴れがましいことでもあったのでしょうか。

山口瞳さんから贈られたAVONのシャツ。「アボンのスポーツシャツ」と山口さんが言うと、「あら、あれ、エイボンっていうんじゃないですか」と問いただした向田さん。山口さんのエッセイ「ガッカリ」は「なお、アボンのスポーツシャツというのは、アボンが正しい」と締めくくられている。

向田邦子の受賞祝いに、『フジヤマツムラ』で、イタリーのアボンという会社のスポーツシャツを買った。彼女は陸上競技の選手だったと聞いていたし、アボンのスポーツシャツが一番上等だということを最近になって知ったからである。

それを送ってもらうために、南青山の住所を書き、宛名（あてな）を向田とまで書いたとき、のぞきこんで見ていた店員が言った。

「ああ、その方なら知っています。うちのお得意さんです。向田邦子さんでしょう。お綺麗（きれい）な方ですから白を選んでよかったですね」

なんどもガッカリさせられたが、このときも体の血が薄くなるような思いをした。

山口瞳「ガッカリ」『男性自身　木槿の花』

シャツ・バリエーション

無地のシンプルなものからカラフルな柄、また様々なデザインのものまで、向田さんはたくさんのシャツを持っていました。無地にはスカーフをあしらい、柄物には黒や茶のジャケットやスカートを合わせて全体を引き締める。着こなしのテクニックを大いに発揮して、シャツは装いのベースやアクセントになっていました。

①開襟シャツ。襟元がゆったりしたデザインを好んだ。②ポケットの付いたシャツジャケット。③主張の強い色柄のブラウス。襟元はゆったり。④シックな着こなしができそうな斜めストライプのシャツ。⑤ウエストをシェイプした形の黒いシャツ。⑥ペイズリー柄は向田好みの柄の一つ。⑦大人っぽいテイストの水玉模様。向田好みの色と柄である。⑧ドレッシーなボウブラウス。⑨このシャツには黒いボトムを合わせるのが定番だった。⑩ピンクはあまり好まなかったが、黒をベースにしたこんな辛口テイストなら受け入れた。⑪同じ柄のスーツもある（30頁）。⑫遊び心が感じられるユニークな柄。

インナーで遊ぶ

エキゾチックなテイストからグラフィックデザインのものまで、目を引くインナー。右下のブルー以外はKon-shinというブランドの長袖Tシャツ。

自宅でくつろぐときは、カラフルな柄の、襟のない長袖Tシャツを素肌に一枚、さらりと身に着けることもありました。外出となればその上に黒やグレーなど落ち着いた色のアウターを合わせ、色のコントラストをつける。インナーはシンプルな装いに色を添えます。向田さんの遊び心やコーディネート術がうかがえます。

Kon-shinのカラフルな長袖Tシャツを着た向田さんのポートレート。

自宅でも海外でも定番チュニック

上は1971（昭和46）年、友人の作家、澤地久枝さんを含む4人で28日間の世界一周旅行に出かけた際のスナップ写真。赤いチュニックに黒いパンツを合わせている。左は、そのとき着用していたチュニック。

体のラインを気にせずにリラックスして着られるチュニックも、向田さんの普段着のひとつでした。中にTシャツやタートルネックのセーターを重ねたり、時には厚手のタイプをコートの代わりにしたりと、自由な着こなしを楽しんでいます。チュニックスタイルは海外旅行における向田さんの定番ファッションでもありました。

左は世界一周旅行の際、ジャマイカに立ち寄ったときのスナップ写真。花柄のチュニックに明るいブルーのパンツと黒の麦わら帽子を合わせている。

夏服、百花繚乱

夏の到来を待ちかまえていたように、多彩な夏服を向田さんは持っていました。

形こそシンプルですが、鮮やかな色の服が目立ち、夏こそはと冒険しているのが感じられます。

旅先では、素足にサンドレスで開放的なおしゃれを楽しんでいたようです。


色鮮やかなワンピース。全体像は82頁、83頁に。

一枚で華やかなサンドレス

墨絵のような花柄が大胆。背中が
V字に開いたロングドレス。

右／ Pikakeというハワイ語名のブランドのノースリーブワンピース。初めての海外旅行先、タイで着用している。エスニックな柄は手染めによるもの。左／ Budomuumuuというブランドのロング丈ワンピース。オレンジ、ピンク、赤、黄緑、紫などが使われた彩り豊かな一着。

右の2枚ともタイの寺院の前で。サンドレスに素足というファッションで、旅先の風景にすっかり溶け込んでいる。

右／ 60年代に流行したサイケ柄のワンピース。中／多色使いのボーダー柄。表面がつややかなワンピース。左／ 2枚のノースリーブシャツは同じデザイン。

右／ハナエモリのワンピース。鮮やかな黄色が夏の日差しに映える。共布のベルト付き。中／光沢のある生地に花柄をあしらった襟付きの一枚。ウエスト切り替えで、ギャザーの作るシルエットが美しい。左／ペイズリー柄のワンピース。

旅のおとも

向田さんは旅好きでした。何週間分もの仕事を必死でこなし、時間をひねり出して旅を強行したこともあったそうです。一九六八（昭和43）年、三十八歳のときにタイ、カンボジアへ初の海外旅行をしたのを皮切りに、北アフリカ、ヨーロッパ、アメリカ、ケニア、アマゾンなど、世界のあちこちをめぐりました。そのおともをした靴や鞄が残っています。歩きやすい靴、軽いナイロンのショルダーバッグ、持ち物をたくさん詰め込めるボストンバッグ、そして無骨で堅牢なトランク。何より実用性重視で、自由に動き回れるものを、向田さんがひとつひとつ吟味して選んでいたに違いありません。

①アメリカ土産の手袋は、右手2つで1組、左手2つで1組残っている。向田さんは、誰かに右手2つ、左手2つをあげてしまったらしい。②帽子が付いたソニア・リキエルのマフラー。③オープントウのエスパドリーユ。④黄色の部分が柔らかな革のエスパドリーユ。⑤カステルバジャックの布バッグ。⑥近所の買物にも持ち歩いたかご。⑦ポケットが複数付いたナイロンのショルダーバッグ。⑧ロベルタのベルベット素材のトートバッグ。

⑨ロンシャンのボストンバッグ。⑩アクアスキュータムのボストンバッグ。⑪お土産用に購入したロベルタのポーチ。⑫かかと部分のストライプがポイントの布製シューズ。⑬向田さんと世界中を旅したトランクとAkio Hirataの帽子。⑭ジバンシィのボストンバッグ。⑮旅には必ずと言っていいほど持って出かけた布と革のコンビのスニーカー。

いざ、勝負服

「勝負服」とは、仕事着のこと。自宅で原稿に向かうときに着るチュニック風の服のことを向田さんはそう呼んでいました。最初の一着は既成服でしたが、機能性を求めて、いつの頃からかオーダーメイドになります。「私は勝負服にはもとでをかける」と言い、そんな上等な仕事着がドレッサーの抽斗に三ばいほどにまでなっていたそうです（「勝負服」『眠る盃』92頁）。

原稿の締め切りに追われ、勝負服のまま出かけることもあり、時にはよそゆきになっていました。

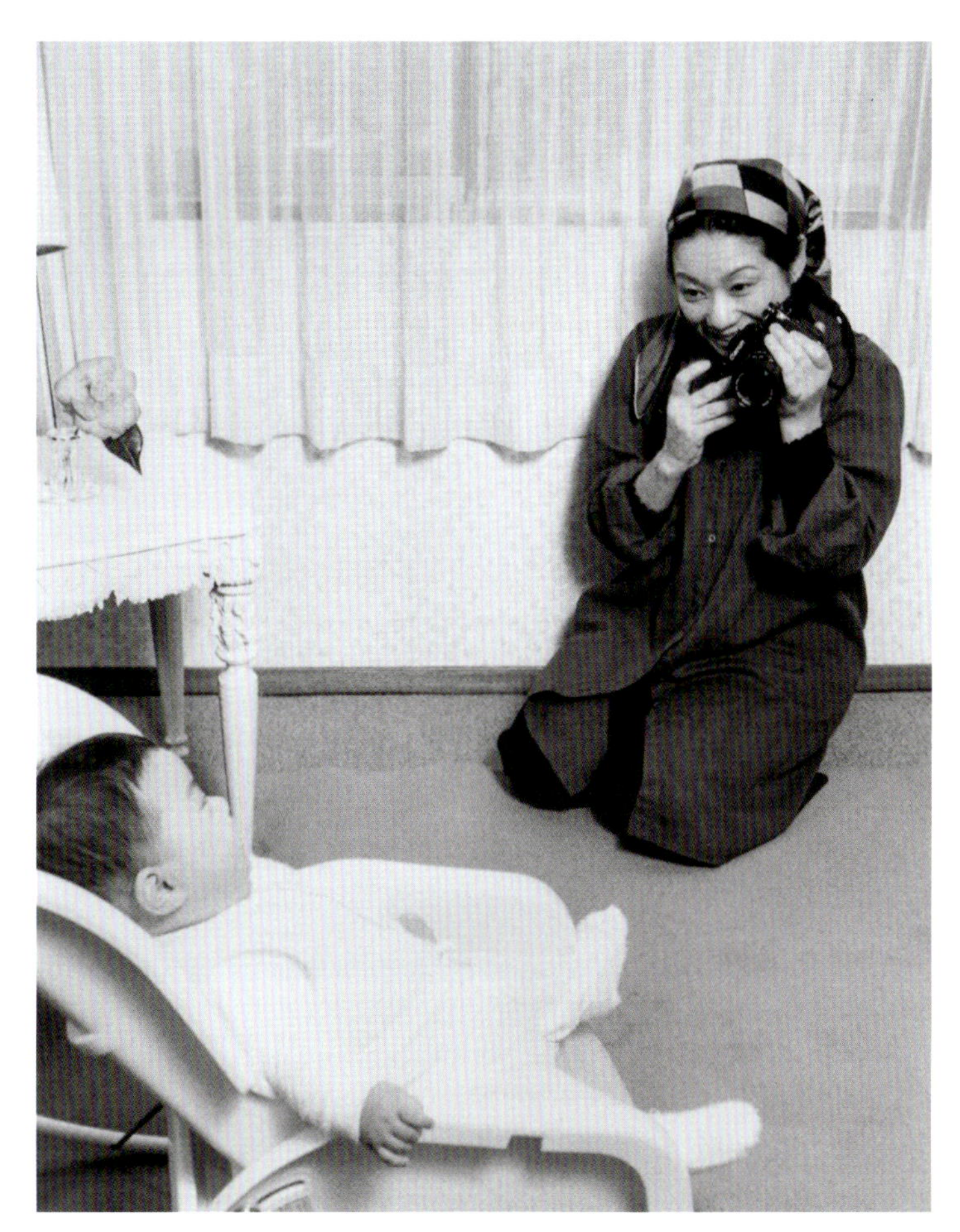

第一号は出来合いのエンジの衿つき。色違いの無地のものが数点ある。エンジだけは三角のスカーフつき。

向田和子「姉・向田邦子の美を探して」
『和樂ムック　向田邦子　その美と暮らし』

勝負服第1号とフェンディのスカーフを合わせている。愛用のカメラを手にして。

勝負服第1号は薔薇の透かし模様の入ったCHRISTIAN JOSSというブランドのフランス製。同じものを2着購入している。勝負服着用時の執筆中は、髪をスカーフでまとめることが多かったという。

勝負服の五原則

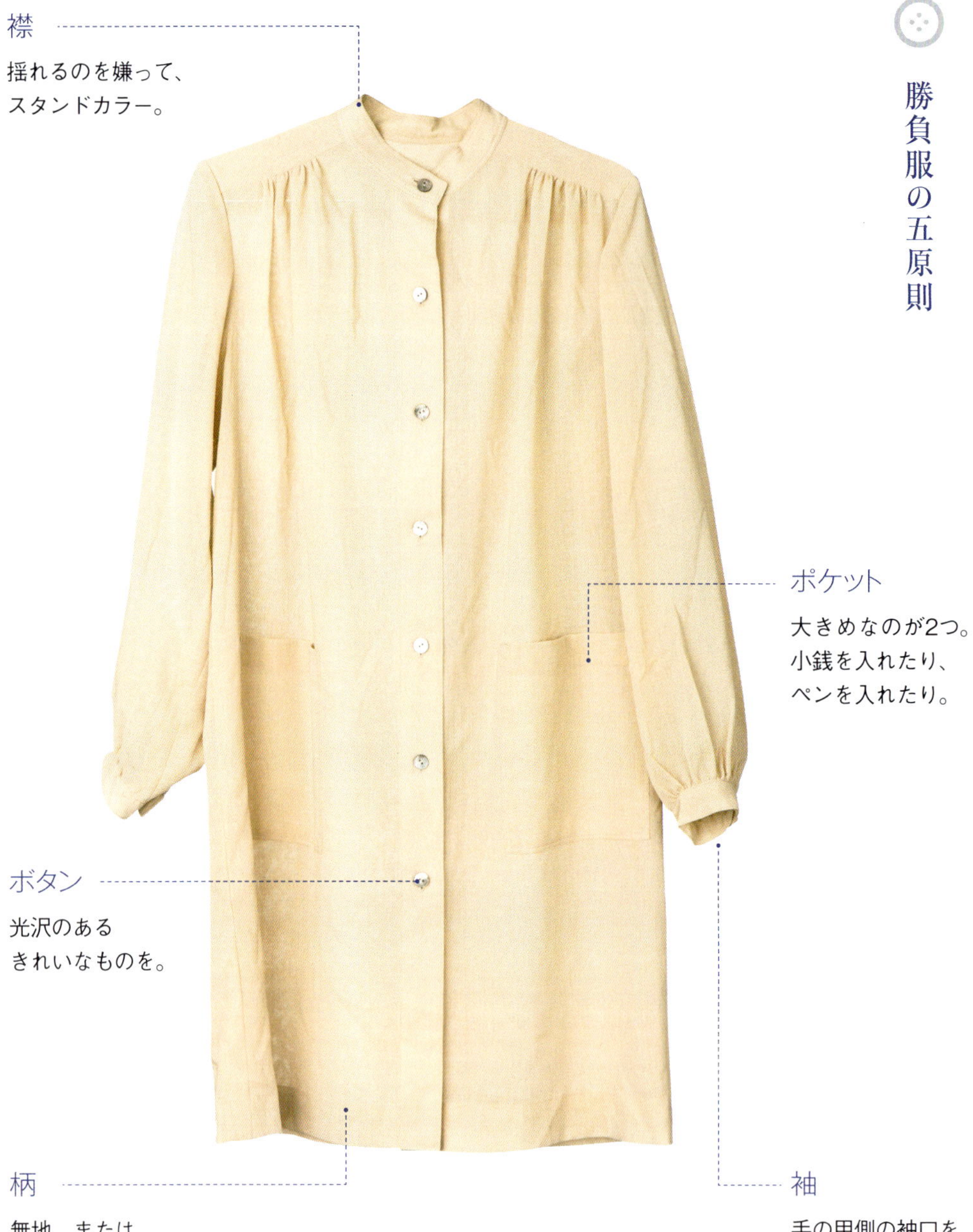

襟

揺れるのを嫌って、
スタンドカラー。

ポケット

大きめなのが2つ。
小銭を入れたり、
ペンを入れたり。

ボタン

光沢のある
きれいなものを。

柄

無地、または
プリントなら単純で
イライラしないもの。

袖

手の甲側の袖口を
少し短くする。
袖口のボタンは
ご法度。

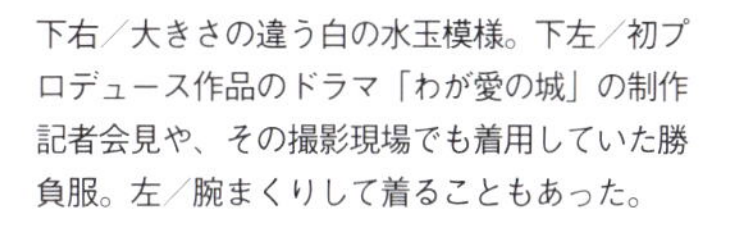
下右／大きさの違う白の水玉模様。下左／初プロデュース作品のドラマ「わが愛の城」の制作記者会見や、その撮影現場でも着用していた勝負服。左／腕まくりして着ることもあった。

縦方向に皺のある楊柳(ようりゅう)
生地が特徴。ボタンが大きめ。

右上／テレビ局の廊下で。腕まくりし、手をポケットに入れ、リラックスした雰囲気。右／勝負服は向田さんの装いを代表するアイテムのひとつだった。

白とグレーの縦縞の上に、茶色の
斑点を重ねた模様。ジョーゼット
の柔らかい生地は肌触りがよく、
ほどよく透けて女性らしさが漂う。

厚手の楊柳生地。えんじ色に映え
る白の貝ボタンを合わせている。
動きやすいよう、肩に施されたギ
ャザーも勝負服の特徴のひとつ。

装いについて——向田邦子のエッセイを読む

勝負服

随分前に読んだ本で正確な題名は忘れてしまったのだが、音楽家の死因を調べたものがあった。

チャイコフスキーはコレラ、ラフマニノフはノイローゼ、ラベルは交通事故の後遺症、といった按配に、古今東西の音楽家達が何で亡くなったか調べた本なのだが、その人の死因と音楽は妙に関わりがあるように思えてなかなか面白い一冊だった。

そのひそみにならって、私は時々脚本を書く仕事がつかえたりすると、あの時、あの人はどんなものを着ていたのだろうと考えることがある。

例えば、紫式部は何を着てあの『源氏物語』を書いたのだろうか。源氏物語絵巻などの連想で、十二単を涼やかに着て御簾のかげの文机に寄ってさらさらと、など考えたいところだが、冷暖房などない平安朝である。いかに紫式部でも、とても辛抱は出来なかったに違いない。

物の本によれば十二単は、当時としても第一級の女性の正装で、今風にいえばローブ・デコルテである。普段は、もっと簡単な、——例えば夏の盛りなどは、お腰ひとつで、檜扇の古くなったのでバタバタやりながら、

「世の中いと煩はしく、はしたなき事のみ増れば、せめて知らず顔に有経ても、これより勝る事もやと思しなりぬ」(須磨)

などと書いたのではないのかと思ってしまう。

冬の夜さり、あまりの寒さに、人知れず綿入れのチャンチャンコなど羽織ったかも知れない。

トルストイの『戦争と平和』はルパシカかしら。志賀直哉先生の『暗夜行路』は結城の上物だったような気がするし、ヘミングウェイはサファリ・スーツかしら、それとも、或は上半身裸でご自慢の筋肉美を誇っておいでになったかしら。『嵐ヶ丘』のエミリー・ブロンテがもしGパンを知っていたら、あの作品はもっと気楽なものになっていたのではないかと考えたりする。

古今東西の大文豪のすぐあとに、三文ライターの我が身を

ならべるのは誠におこがましいのだが、私は仕事をする時は勝負服を着用する。

勝負服。

競馬の騎手がレースの時に着る服である。赤と黄色のダンダラ縞であったり、銭湯のタイルも顔負けの大きなチェッカー・クラブだったり、兎に角遠目でも誰と判る極彩色の賑々しい服である。競馬の持っているお祭り気分と、一瞬で勝負の決まるギャンブル性、はっきり言うと叱られるかも知れないが、馬が人をのせて走り、人がそれに大金を賭けて大騒ぎする茶目っ気とウサン臭さ、バカバカしさ。それでいて人も馬もここ一番の真剣勝負に間違いない。競馬の勝負服には、こういったものがみんな含まれていて、私はとても好きである。

私の勝負服も本当はあれがいいのである。ピカピカ光るナイロン地の極彩色の服なら、とてもそのまま、おもてへは出られないから、仕事の能率は上るだろう。だが、一人暮しの悲しさで、ドアをあけた御用聞きが肝をつぶすにちがいない。第一、着ている私も気恥しいし、気持が昂揚しすぎてしまって、やっぱり駄目だろう。

そんなこんなで、私の勝負服は地味である。無地のセーターか、プリントなら単純な焦々しないもの、何よりの条件は着心地のよさと肩のつくりである。冬ならセーターだが、軽くて肩や袖口の負担にならないもの。大きな衿は急いでペンを動かすとき、揺れるので嫌。袖口のボタンも駄目。体につかず離れずでなくてはならない。普段はだらだら遊んでいる癖に〆切りが迫ると一時間四百字詰め原稿用紙十枚でかき飛ばす悪癖があるのでどうしてもこういうことになってしまうのである。乏しい才にムチをくれ、〆切りのゴールめざして直線コースを突っ走っているのである。

視聴率というウサン臭いもので計られるバカバカしさ。一瞬のうちに消えてしまう潔さとはかなさ。テレビは競馬と似ていなくもないのである。

多少の自嘲の意味もこめて、私は勝負服にはもとでをかける。よそゆきよりもお金をかけて品質のいいものを選ぶのである。そんな勝負服がドレッサーの抽斗に三ばいほどになった。

ヤキニクフクというものもある。これは文字通り焼肉を食べにゆく時の服である。焼肉もガスでお上品に焼くよりも、炭火を使って店内は煙でもうもう。テーブルにも椅子にもカルビの脂がしみ込んでいる、といった店がおいしい。ところがそういう店は、あまり清潔とは申しかねるところが多いので、汚れが目立たず、ラー油がポトリと落ちても青ざめたりしない程度で、しかし帰りにホテルのロビーで軽く一ぱいということになっても、気おくれしない服を選んでヤキニクフクと決めているのである。

いまのところ、ギ・ラロッシュの、黒地にさまざまな色で、まるでクレーの絵のようなプリントを描いた布地でつくったものを愛用している。二、三年にわたってヤキニクフク専門に着たせいか、この服に鼻をもってゆくと、心なしか焼肉の匂いがする。

面会服も二、三枚持っている。うちには猫が三匹いる。一匹はシャム猫だが、コラット種の夫婦がいて、此の頃はそう珍しくもなくなったが、ひと頃はよく女優さん達が見せて下さい、とお見えになった。

「まあ可愛い」と抱いて下さるのはいいのだが、我が家の猫は飼主に似たのか、愛想が悪く気まぐれで、面白がって高価な衣装に爪をたてたりするのである。

猫語で叱りながら、気をもむのも心臓によくないので、私はゆったりとしたナイロン地のガウンを二、三枚用意しておいて、お好きなのを選んで羽織っていただいている。ハッキリいえば、私が着飽きたお古である。

この面会服が古くなると病気服になる。生きものを飼って一番せつないのは、病気とそのあとの別れである。この服なら膝の上で粗相をしてもいいんだよ、叱らないよと言ってきかせ、一晩中抱いて看取り、或は最後の別れをしてやる時の服になるのである。あまり寂しい色や柄は嫌いで、今の病気服はグレイの猫に映りのいいオレンジと黄色のプリントなのである。

『眠る盃』より

「エリザベス」のおはなし

「吾輩は肩掛けである。名前はまだ無い」

夏目漱石流にいいますとこんな具合でしょうか。形はあれども名前がないのです。わが家において、誰がどういうヒントでこんな形のものを作ったのか、それさえもハッキリしないのです。

私は、学生時代、居候をしていた母の実家で、おばあちゃんが、これによく似た手編の肩掛けをしていて、夜中に勉強する時に借りたものからヒントを得た、と思っているのですが、妹は、

「あら、考えたのはあたしじゃなかった？」と目を三角にしてにらむのです。

たかが肩掛けのことで、姉妹の間に血の雨が降るのもつまりませんから、ルーツはあいまいにして置きましょう。

とにかく、十年ほど前から我が家にこの形として定着して、冬になるとお世話になってきました。黒のビロードのパンツに黒いタートルネックのセーターなどで、こげ茶の「これ」

をして美容院やスーパーにゆきますと、よく見知らぬひとから聞かれました。

「それは一体何ですか。どうなっているんですか。作り方を教えて下さい」

人だかりがして、中には脱いで見せて下さい、ちょっと羽織ってもいいですかという人もおいでになったりして、きまりの悪いような、晴れがましいような思いをよくしました。

そのうちに、これを贈りものにすることを思いつきました。お金さえ出せば日本中の、いや世界中の物が手に入る現代は、かえって人に物を贈ることのむずかしい時代です。お金や品物ではお礼し切れないお世話になった方に、手編の「これ」を贈ることにしたのです。

洋服にも着物にも合います。若い人にも、年輩の方にもよろこばれます。何しろ、ひどく暖かいのです。夜中に、ちょっと起きて台所へゆきミルクをのむ時、ベッドの中でミステリーを読む時など、特によろしい。

ライト・ブルーのを持っている澤地久枝さんは、「妻たちの二・二六事件」や「あなたに似たひと」などというオッカナイ本を書くひとですが、本を読む時や風邪をひきかけの時に、「これ」を前うしろ逆にして、ベッドに入ると、肩があったまってとてもいいわよ、と、実にオリジナリティにあふれた使い方を考えて教えて下さいました。

テレビを見る時、本来は手首のところに、両足首を入れて見ると、あったかくていいのですが、急に電話が鳴り、あわくって立ち上ってひっくりかえったことがありますので、お気をつけて下さい。フカフカしていますから、炎の高いストーブや焚火（タキビ）は、カチカチ山の恐れがあります。

手編のものを贈るのは──といっても、実は私が編むのではなく、妹が編むのです。昔は私もかなりやったのですが、近頃は編棒よりペンを動かす方が多くなりました。それはともかく、手編のものを人に贈るのは、いいものです。

冬の夜など、自分もこれを肩にかけて、「クロワッサン」など開きながら、みんな今頃使ってくれてるかしら。あの人はひき茶だった。大阪のあの人はオレンジだったなあ──。そんなことを考えるのは、何となく体がホカホカしてくるものなのです。

ところで、この名前です。

うちでは「あれ」とか「あの大きいの」と呼ばれていますが、人に説明する時は大正時代からあったという、マーガレット（肩掛けというかケープのようなもの）みたいなの、という言い方をしていました。

ところが、あるあわて者の友人が、「エリザベス」というのです。はじめはキョトンとしましたが、すぐにマーガレットの間違いであることが判りました。なるほど、マーガレット（王女）より一廻りも大きい姉さんだからエリザベス（女王）かと笑ってしまいました。

この十年、便利に使いながら名前のなかった「こうもりのお化け」に、やっとステキな名前がみつかりました。

「クロワッサン」一九七八（昭和53）年三月一日号より

コラム…5

向田家伝来「エリザベス」

君の名はエリザベス

モヘアの毛糸で編まれた変形カーディガン。

小さく畳めます

この状態でもらったら、確かに説明がないと、どのように着るのかわかりません。

広げると超横長です

上下を内側に折りたたみ、両袖を横に広げたエリザベスを背中側から見たところ。意外とシンプルなつくり。

エリザベスは、おばあちゃんの「肩掛け」から始まる向田家伝来のカーディガン。妹の迪子さんに編んでもらい、プレゼント魔の向田さんは多くの友人知人に贈っていました。

友人で作家の甘糟幸子さんもエリザベスを贈られた一人です。添えられた手紙には、図入りで使い方の説明が記されてありました。このカーディガンの呼び名が「あわて者の友人」によって、向田家ではマーガレットからエリザベスに代わりました。そのいきさつがエッセイ『「エリザベス」のおはなし』（94頁）に書かれています。甘糟さんこそ、その友人であり、エリザベスの名付け親でした。

甘糟幸子 様

子供の頃に母方の祖母が、マーガレットと呼ばれる肩掛けをしていて、あったかそうだな、と思ったことがあります。それを思い出して、うんと大型にしたものを藤沢の妹に編んでもらい、便利なものですから、知り合いの人に贈ったりしています。

あなたの分が編み上ったので送ります。色が少し派手かと思いましたが、軽いモヘアの毛糸はなかなか色の種類が少なく、こんなところで我慢して下さい。

着方は、もう判り切ったことですが、ちょっとした近所の買物ぐらいの用は足ります。

澤地さんも持っていますが、彼女は風邪をひいたり寒い晩は、フトンの中でうしろ前に着て、小掻巻（コガイマキ）代りにすると肩がスースーしなくていいといっていました。

——我ながら字も絵もヘタクソなので、イヤな気分になってきました。

母が、お宅へ伺ってたのしかったハナシばかりしております。春にでもなったら、また寄せてやって下さい。

年末までにいっぺん、上京なさいませんか。おいしいものでも食べましょう。

向田

甘糟幸子さんへの手紙　一九七八（昭和53）年

手紙に添えられたエリザベスの使い方の図。向田さんの手描き。「このところを自然に内側に折り曲げる」「内側に折って肩をくるむようにする」と説明書きがある。

エリザベスを羽織って猫のマミオと遊ぶ。写真を見ると「うんと大型にしたもの」だったことがわかる。1978（昭和53）年撮影。

着ることへの意欲と勘の良さ

原 由美子●スタイリスト／ファッションディレクター

向田さんと雑誌のための対談をしたのは一九八〇年のことだ。向田さん五十一歳。私は三十五歳だった。初対面ではなく、面識があった故の気楽さも手伝ってか、私はなんだか偉そうに、頑張って対等に話しているのが、今では恥ずかしい。向田さんが巧みにリードしてくださり、私は素直についていけば良い、そんな流れを創ってくださっていたのだ。

考えてみれば直木賞受賞直後で、超多忙だったはずだが、そのことには全くふれず進行した。対談のタイトルは「マリリン・モンローとローレン・バコール」で、ファッションから養老院の話まで実に雑多なことを思う存分語ったという感じだ。

向田さんを初めてお見かけしたのは、七六年。雑誌「アンアン」に「男性鑑賞法」を連載中で、原稿を届けに編集部に寄られた際だった。当時スタイリスト駆け出し時代を過ごしていた私は、テレビドラマを観る暇もなく「寺内貫太郎一家」も知らなかったのだが、あ、あれが向田邦子さんかと、担当編集者とのやりとりを眺めていた。向田さんが映画雑誌の編集者出身で平凡出版（現・マガジンハウス）のライターを経験したこともあると知っていたので、なんとなく畑違いの先輩を盗み見る感じだった。

その装いに対する特別な記憶はなく、仕事のできそうなテキパキとした人。サッと現われてサッと消える人。いつもその後で編集長と編集者が原稿の中の読めない字に関して、アレコレ言いあっていたというイメージが残っている。

気づいてみたら私も向田エッセーのファンになっていた。そして七八年に「ままや」（末妹の和子さんとともに東京・赤坂に開いた小料理店）がオープンしてからは、近くで接する機会が少しふえていた。「ままや」の手書きメニューを、私が当時よく仕事をした字の上手な編集者が書いていたこともあり、その書き換えの度にお供をしていたせいだ。時折、向田さんがヒョッコリ現われる。他にも知人がいて、そちらと話しこむこともあれば、私たちのテーブルに来られることも。別に約束していたわけではないから、なんだかワアワアと近況報告やら世間話をしていた。そんな時とは別に、何度か青山のマンションにお邪魔したこともあるが、腕相撲をしてあっさり敗けた記憶があるくらい。唯一印象深くおぼえているのは、向田さんが初のアフリカ旅行へ旅立つ前のことだ。取材写真を撮られる立場の向田さんだが、御自身も本格的な写真を撮ろうと決心し、プロ用の機材を買われたのだ。その使い方の先生になったのが私の仕事仲間のカメラマンだった。そのレッスンに私も同行していた。多分、側で見て私も少し勉強するようにということだったのだ。その時の向田さんの勘の良さ、あれよ、あれよという間に慣れた手つきでカメラを操っていた姿を、私はただ驚いて見つめるばかりだった。カメラにさわったのは初めてではないにせよ、プロ用機材の扱い方を二回のレッスンで完璧にマスターしてしまったようだ。その結果としての見事なアフリカの写真はプロ顔負けで、後に雑誌にも度々掲載されたので、御存じの方も多いはずだ。そして私はと言えば、その後、何度か本気でカメラをと意気込んだが、全くの機械音痴でものにならず。先生が悪いということもできず、向田さんをうらんでいる。

そして、あの時痛感した向田さんの勘の良さは、まさしくおしゃれにこそ発揮されていたのだと後に気づいた。

*

八〇年の対談は、仕事ではあったが、向田さんと初めてじっくり話す絶好の機会でもあった。すべてが印象深いが、特に心に残っているのがファッションと女優さんに関することだ。あの時初めて、向田さんの若き日の、女優ふうにポーズした写真を少しだけ目にしたのだ。映画雑誌の編集者だった向田さんは当時のハリウッド映画やフランス映画を沢山観た。そして外国女優のスクリーンモードと、グラビア写真のポーズを徹底的に観察し、研究したに違いない、もちろんあの勘の良さで、と感じたのだ。対談向けに少し誇張して話されたことで察したのだが。

それが更に確かなものになったのは、悔しいことに、亡くなられた向田さんを追悼する特別編集の雑誌の仕事の時だった。「おしゃれ考」というページ用に用意されていたのは、先に目にしたのと一連の、多分ひとりのカメラマンが撮影した、モノクロのまさしくファッション写真といえるものだった。誂えのシンプルで優雅なコートやスーツ、ワンピースはどれも五〇年代調のクラシックなデザインばかり。手袋やハンドバッグ、パンプスをはいた脚のポーズも完璧で非の打ちどころなし。背景の選び方もさまになっている。雑誌のファッションページでもないのに、このような写真を信頼して撮り、撮られたカメラマンと向田さんの関係が察せられるものだった。そして何より、こういう大人の女らしい完成されたファッションを、若い時に十分経験していたという事実が強烈に印象づけられた。

同時に向田さんは、今見ても格好良いと思えるそれらの写真にも満足せず、何枚かの意に反した結果の写真を見て、あの勘の良さから、さ

原由美子さんが対談した時と同じ装いの向田邦子さん。黒のニットにロングベスト。「シンプルで、大人で、作家らしい風格のある」装いだった。

っさと次のファッションステージに移っていったようなのだ。そのヒントは、その時の一連の写真とは別の写真で見た、エルメススポーツのシャツや派手なプリントのTシャツに隠されていた。

謎がとけたのは、最近のこと。かごしま近代文学館の「続　向田邦子の装い」展を見た時だ。向田さんが実際に身につけた沢山の服、その中には、あのエルメスのシャツやTシャツの実物があり、いろいろなことを教えられた。

ひとつは、「黒ちゃん」と言われた時代もあったという向田さんだが、海外旅行、特に南のリゾート地への旅には、その土地の日差しの強さや明るい空気感にふさわしい鮮やかな色やプリントのドレスやチュニックを選んでいたということだ。ハリウッド全盛時代の映画を観た世代にはごく自然な選択だ。リゾートといえどジーンズとTシャツですませてしまうのは現代の風潮のひとつだったが、最近は少し変わりつつある。向田さんは場の空気感を大切にするリゾートらしい装いをすでに存分に楽しんでいたようだ。

五〇年代調のクラシックな装いの後、向田さんが向かったのは、高度成長期に入る直前の六〇年代の空気を反映した装いだ。ここでもセンスと勘の良さを発揮して、ちょっとポップなプリントや格子の布を選び出し、それをジャケット又はブラウスとパンツかスカートとの、今で言うセットアップに仕立てて、向田好みのシンプルなカジュアルスタイルとして着まわしていたようなのだ。

七〇年代から八〇年代に向かって、それらの色を感じさせる装いは少しずつ淘汰され、シンプルで格調高いモノトーンのスーツやアンサンブルへと進化していく。植田いつ子デザインのものも含めて。その中には今では有名な「勝負服」もある。私が対談した時の向田さんの装いは、勝負服を更に進化させた感じの、当時のお気に入りの定番服。ドレープのきいたロングベストで、黒のニットとパンツとの組み合わせ。アクセサリーはなし。シンプルで、大人で、作家らしい風格のあるものだった。私がそれまで漠として捉えられなかった向田さんの装いのイメージが、あの時、確たるものになったと考えている。

そして、そこにたどり着くまでには、あれだけの着る経験が地盤にあったことを知ると、向田さんの着ることへのこだわりと意欲の強さにあらためて思い到らざるを得ないのだ。

はら・ゆみこ
スタイリスト、ファッションディレクター。1945年生まれ。慶應義塾大学文学部仏文科卒業。70年創刊の「アンアン」に仏・ELLEページの翻訳スタッフとして参加、72年より同誌にてスタイリストの仕事を始める。以後「婦人公論」「クロワッサン」「エル・ジャポン」「マリ・クレール日本版」など数多くの雑誌のファッションページに携わる。『スタイリストの原ですが』(新潮社)、『きもの着ます。』(文化出版局)、『原由美子の仕事　1970→』(ブックマン社)など著書多数。

「ひとつ」を選ぶ――向田さんと私

篠﨑絵里子●脚本家

原点と覚悟

　脚本家になる前に私は小説家になりたくて、向田さんの作品はドラマより先に本から入り、エッセイや小説を読んでいました。向田さんの没後、妹の和子さんが書かれた写真入りの『向田邦子の青春』や『向田邦子の恋文』ももちろん読んでいましたから、若い頃のお写真がたくさん残っていて、おしゃれだったことは知っていました。今回、あらためて向田さんのポートレートや服を拝見し、この本に再録されている向田さんのエッセイ「黄色い服」（58頁）を読み返していて、ハタと気づいたことがあったんです。私事で恐縮ですが、私はむかしから「どうして私ってダメなんだろう、何の才能もない」とよく絶望しているんですが、その答えらしきものがわかった。このエッセイで向田さんは七歳のとき、親に「お前の好きな服を選びなさい」と言われて買ってもらった黄色い服は失敗だったが、自分で選んだからには泣き言や愚痴は言わない、責任を持って、ひとつ選ぶ、このことは職業や付き合う人間、大きく言えば、そのすべて、人生に通じると書かれてあって、「才能うんぬんの前に、私にないのは、人間としてのこの原点や覚悟だった。こりゃダメだ」と今更のように気づかされました。

　妹の和子さんから「姉（邦子さん）はこの服は自分らしくない、という言い方をしていた」とお聞きしたことがあり、向田さんは自分と自分らしさについて、とことん突き詰められ、その結果、「これが自分である」という「ひとつ」があった。だから何を着てもお似合いで、向田さんらしく見える。装いのキーワードと言ったものも浮かびますよね、上質、潔さ、大人、渋い華やかさとか。向田さんはフォーマルな場ではカチッとした服装で、自宅マンションなどではカジュアルであっても、おしゃれを忘れず、ＴＰＯがしっかりしている。しかも素晴らしいのは、決まりがあるからとか演出とかでなく、自分はこういうものを着たいから着ていると、楽しんでやってらしたことです。その秘かにストイックに楽しんでらした様子がまた素敵で、やはり原点と覚悟が違う。かなわないなと降参するしかないです。

向田作品の脚本化

　向田さんのドラマを知ったときの最初の印象は「あの綺麗なお姉さん、脚本も書いていたんだ」でした。ところが、ほどなくして向田さんの脚本世界の奥深さと凄みに触れると、「あの綺麗なお姉さん、脚本家だったんだ」と目を見張り、ＮＨＫが二〇一一年に向田作品を二十五年ぶりにドラマ化すると聞いたときはまだ脚本家が決まってなくて、自分が是非やりたい、やらせて欲しいと思い、半年間、ほかのオファーは受けないで待機してました。そうして書かせていただいたのが「胡桃（くるみ）の部屋」です。原作は向田さんの短篇小説で、脚本化にあたって大切にしたかったのは、ダメな人に対する視線。これが「上から目線」なんかでなく、やさしくて温かいんです。会社が倒産したことで父親の中で何かが壊れ、自分の家を顧みないで失踪し、おでん屋を営む女性のアパートに転がり込む、とにかくダメな父親なのに、娘の桃子の目を通して描かれる父親像は堅物で家族思いだったというもので、どこまでもやさしい。ほかの登場人物も皆、温かく見守られていて、人間の愛おしさといったものが伝わってくる。「阿修羅のごとく」などの向田作品に共通しているのも、この点ではないかと思います。のっぴきならないことに直面し、エゴや弱さが露わになる人がたくさん出てくるのに、なぜかすべての人が愛おしい。そこが向田作品の魅力だなと考えていました。

　向田さんの「胡桃の部屋」は深いところに切り込みながら、ラストは「あとは想像してください」とあまり踏み込んでいません。くどくどと書かない、ほどのよさが絶妙で、だから余韻が残る。でもテレビドラマでは「あとは想像してください」と突き放すわけにはいかないし、四十頁もない原作を一回あたり約一時間で六回連続のドラマにするからには「私たちはこう思いました」というのを提示したくて、結末をつけました。下手に書くと、台なしになりかねず、ものすごく悩み、著作権継承者の和子さんからお許しをいただき、褒めていただけたんですが、向田さんがご覧になったら、「余計なものをつけて」とお叱りを受けそうで、お墓の前で「申し訳ございません、胸を貸してください」と手をあわせていました。短篇ひとつ取っても、ラストはこうしようと向田さんはギリギリのところまで削いで、やはり「ひとつ」を選んでいた。そのセンスが素晴らしく、美学だったんでしょうね。装いに通ずるものを、ここでも感じます。

父、ダメ人間、私の「勝負服」

私がいま脚本を書いているNHK朝の連続テレビ小説「まれ」は土屋太鳳(たお)さん演じる娘・希(まれ)と父の関係が軸のひとつになっていて、大泉洋さんがダメなお父さんを好演してくださっています。たしかに父と娘、ダメ人間というのは向田作品と共通するものかもしれません。私が初めて読んだ向田さんの本は『父の詫び状』で、向田さんのお父様は厳格なのにおっちょこちょいなところもある愛すべきかた。うちとは正反対だなと思いつつ、お父様の登場回数が多くて、そこにも惹かれました。私は小学校四年のときから父に会ってません。離れて暮らしているから美化してしまうのか、むかしの写真を見ると、なかなかカッコよく、しかし見てくれだけ良くて中身はよろしくない、ダメ人間の典型的なタイプです。「寺内貫太郎一家」の貫太郎のモデルが向田さんのお父様であったように私も身近なところから題材やテーマをいただくことがあり、『転がるマルモ』という小説や「まれ」には自分の体験や父の姿を盛り込んでいます。当初、「まれ」には仕事をしてなくて、人としてもダメな本当にダメなお父さんを出そうと考えていたんですが、朝からそんなのは見たくないだろうし、大多数の人も私もそういうお父さんは嫌いですから(笑)、まともなところもあるダメな父親にしました。

若い頃は集中力が長続きしたものですが、最近は十五分書いては立ち上がって、気づくと別のことを始めようとしています(笑)。向田さんのような勝負服は私にはありません。ですが、すっぴんでは書きたくないというのがあります。自宅で書いてるから誰に見られるわけでなく、宅配の人にすっぴんの顔を見られてもいいんですが、テンションの問題で、何かイヤなんです。いわゆる部屋着を着て書いていますが、似合ってなかったり、ヨレっとしているものだと、気になって、やはりテンションは下がります。それから、どうしてか自分でもわからないんですが、靴下を履いていています（笑）。執筆の苦行に入るときは、ちゃんとしていないと逃げ出したくなり、「お化粧してない、靴下も履いてない、だから調子が悪いんだ」と言い訳したり、「化粧に靴下と、これだけ整えてあげているんだから、仕事、やんなさいよ」と自分を叱りつけています。

向田邦子というジャンル

去年（二〇一四年）、角田光代さん原作のNHKドラマ「紙の月」の脚本を担当し、DVDボックス収録のパンフレットに「満たされたいという病」という題で作品に即して「わたしがこれでいいのだから、これでいい。自分の人生をそんな風に言い切れる人は幸せです。どんなに満たされているように見えても、自分でそう思えないなら何の意味もない」と書きました。さて向田さんはどうだったのかと訊かれると、想像になりますが、とても幸せなかただったと思うんですけど、「手袋をさがす」というエッセイにもある通り、どこか満たされていなくて、常に何かをさがしていたのではないでしょうか。反対に、ある女性作家のエッセイで、もう気持ちの離れた男性と別れられないことについて友人から「気に入らないコートだって、とりあえずひっかけてると寒さは防げる」と言われ、この考え方に賛成していた時代もあったというものがあって、「手袋をさがす」とこのエッセイが私の中では対（つい）になっています。どちらかと言うと自分は後者のタイプなので、だからこそ向田さんの潔さやストイックさに憧れるんでしょうね。

向田さんの生き方について私が申し上げることなど何もないんですが、素敵な洋服にしても食器も暮らしぶりも猫好きも、それに部屋の佇まいも、すべて私には「ああ向田さんだな」と思えてしまう。脚本家の向田邦子ではなく、向田邦子というジャンルとでも言えばいいのでしょうか。だから「脚本家の向田邦子さんがこんな服を着ていました」ではなくて「向田さんだから、こういう服を着ていた」、「脚本家なのにおしゃれ」でなく「向田さんだったら、この服を着てもおしゃれだし、しっくり来るよね」なんです。本当に好きで憧れてますから、生きてらしたらお会いしたかったです。私のような者でも向田さんはダメ人間にやさしかったから、「よしよし」と受け入れてくれたのではないか。そんな希望的観測を持っています。

〈談〉

しのざき・えりこ
神奈川県出身。横浜国立大学卒業後、会社勤務を経て脚本家に。作品に映画「ガール」、ドラマ「クロサギ」（TBS）、「胡桃の部屋」（NHK）、「震える牛」（WOWOW）、「紙の月」（NHK）など多数。「Tomorrow ～陽はまたのぼる～」（TBS）で第17回橋田賞を受賞した。2015年3月スタートのNHK朝の連続テレビ小説「まれ」の脚本を担当。

姉らしさ——受け継いだ服が語るもの

向田和子

小さい頃には手作りのものを、長じてからは「これはあなたに似合うね」と、邦子さんは九つ違いの末妹和子さんに、たくさんの服をプレゼントしてくれました。和子さんは、邦子さんが遺した服の多くをかごしま近代文学館へ「お嫁入り」させましたが、譲られた服、着続けたい服は、自らの手許に置くことを選びました。姉から妹へ受け継がれ、姉妹を包んできた服から、三十数年を経た今見えてきたことを、和子さんが語ります。

1 やっぱり基調は黒

シルク100%のカーディガンから、カシミヤのVネックセーター、ニットのアンサンブル、半袖のクルーネックセーター、Tシャツ、スカート、パンツまで、さまざまな形、素材の「黒」を揃えている。イタリー製、フランス製が多い。首から頭まですっぽり包めるタートルネックはスキーに行くときに重宝した。

「黒ちゃん」と呼ばれた時代の手作りの服はもう残っていませんが、その後もずっと姉にとって基調の色は黒でしたね。長袖、半袖、袖なしと、基本バージョンがすべてあります。上にジャケットを羽織っても、コートを着ても、すぐ出かけられる。黒は着ていて疲れない色であるし、何にでも合わせられるし、白と違ってうっかりシミをつけてもとりあえずは目立たずに済む。そういう機能性を、姉は選び取ったのだと思います。

2 スカーフは表情も気持ちも変える小道具

姉にとってのスカーフは装いに表情をつける最小の小道具だったと思います。たとえばグレーのスーツを着ていても、目上の方にお目にかかる場合には同じグレー系を巻いたり、若い方と会う時ならパッと派手なものを結んだりと、TPOに応じて手軽に表情を変えられる。一枚ハンドバッグに忍ばせておけば、いったん帰宅して服を着替えて出直すという時間も労力も省けます。機能的であるし、気持ちを変える、という役目も果たしていたのではないでしょうか。人によってそれは指輪やイヤリングかもしれませんが、宝飾品をほとんどつけない姉の場合はスカーフでした。私も姉の影響でしょうか、スカーフは大好き。姉に会う時には、姉から譲られた一枚をつけていくと、とても喜んでくれたものです。

シックでふんわりと軽いシルクのスカーフの数々。ブランドはエルメス、グッチ、セリーヌ、イヴ・サンローランなど様々。

3 差し色は緑

コート、ジャケット、ニットのアンサンブル、タートルネックセーターは、それぞれ色味の異なるグリーン。いずれも黒のボトムに合う。ニットにシルクの前身頃を配したブルゾンやセーターも、お気に入りの定番だった。確かに、緑がアクセントになっている。

今回気づいたことですが、姉の冬物できちんとした衣類はグリーン系が多いですね。柄物にしても緑がちょっと入っていて、差し色になっています。緑は日本人の肌に合うそうですね。もちろん緑が好きだったというこどもあるのでしょうけれど、姉は化粧をあまりしないので、自分の肌の色合いや、丸顔でない顔の形に、なんとなく合うな、というのを自然につかみとっていたのではないでしょうか。そういえば、日本人が好む色の一つである紺色は、一着もないですね。紺のイメージは自分の中になかったのだと私は思います。

4 切っても切れない柄がある

ペイズリー柄のワンピース、ブルゾン、千鳥格子のシャツ、七宝模様を織り込んだスカート、「名残の水玉」のワンピース。このほか、黒白のチェック柄や市松模様も、邦子さんのお気に入りだった。

黒やベージュやグレーなどの無地が多いですけれど、無地一辺倒ではなく、水玉、ペイズリー、千鳥格子など、姉にはお気に入りの柄がありました。とくに水玉にはとても思い出があります。若い頃から白地に水玉模様という服を好んで着ていました。たくさん着るから、着つぶしてしまって、当時の服は残っていません。この水玉のワンピースは晩年のもので、水玉の進化系といいますか、「名残の水玉」と個人的には呼んでいます。水玉は、姉とは切っても切れない柄、だから強く思い出に残っています。

5 とにかく軽くて動きやすい

軽くて動きやすい服、というのは、姉が仕事をするときにとても重視していたことです。セーターもカーディガンも、ちょっと羽織ったりするベストもほんとうに軽い。軽い、と思って仕事するのと、重い服を着て書くのとでは、ぜんぜん気持ちも違ったのではないかと思うのです。そして、色も勝ちすぎない色であること。自分には「気にならない」色でないと、落ち着かない。母も軽い服が好きで、晩年、姉のベージュのベストを着せてあげていました。

ラムウールやカシミア素材のセーター。グレーやベージュのシンプルなスタイルを好んだ。ちょっと裾広がりに作ったスカートは、動きやすくて女性らしいスタイル。色違いで同じ形をこしらえていた。ポケット付きのベストは機能的で軽くて温かい。裾裏の名前は、和子さんがお母さんのために付けてあげたもの。

古びない「当たり前」

向田和子

邦子が邦子である「三本柱」

姉邦子の遺品の多くをお預けしたかごしま近代文学館が去年（二〇一四年）の秋から今年の春に「続　向田邦子の装い」展を開いてくださり、また姉から譲られて私が愛用してきた衣類を見つめ返し、姉の装いについて考える時間を持てました。姉が亡くなって三十数年経ったいま、邦子には装いについて「三本柱」があったのではないかと思えてきました。

第一の柱は、自分の選んだものに責任を持つ、ということ。

七歳の頃に両親に連れられていったデパートで、好きなものを一枚だけ買ってあげようと言われた邦子は、考えに考えて黄色い服を選び、のちに「ちょっと見にいいと思って」選んだ服が失敗だったことに気づきます。姉のエッセイ「黄色い服」に書かれているとおり、この経験はその後の邦子に大きな影響を残したポイントになっています。当時は貧しく、女の子だからといって着るものもそうそう買ってもらえるわけではない。取り替えは許されない。愚痴も言い訳もなし。だから慎重に選ぶ。選んだ以上、その選択に責任を持つ。これは邦子の中に強く刻まれたことだと思います。

次に大きなポイントとなったのは戦争。それまで和装だった女性たちは行動的な服装を求められ、モンペや防空ずきんが必要になり、うちでは姉が作ってくれました。生地は乏しく、今のように作り方を解説する本などもありません。そのなかでどうしたら動きやすく、安全なものができるか、工夫するのです。たとえば「タコずきん」と私たちが呼んでいたものは、綿がたくさん入っているのに重くなくて、肩のあたりまですっぽり包んでくれる。何もないところから創意工夫して作り出す、ということを、奇しくも姉は戦争を機に体得していきました。

お手製のシャツとベスト姿の邦子さん。社会人になりたての頃。

創意工夫は、戦後の洋服作りにも生かされていました。自分のものだけではなく、次姉や私のセーラー服、頼まれればよその方のものまで縫った姉は、こういう体型に合わせるにはどうしたらいいか、動きやすい形はどうか、などということを、学校で誰かに教えられたわけでなく、実践で工夫しながら覚えていったのだと思います。姉にとっての十代後半から二十代にかけては世の中が大きく変化した時代ですし、なにより好奇心いっぱいの青春時代。やりたいことはほかにたくさんあったはずなのに、姉妹の縫物をするのは本当に大変なことだったと思います。けれどもそれをイヤイヤながらムクれてやっても面白くない。人を驚かせ、喜ば

左／たくさんのボタンをアクセントに配した、邦子さんお手製の服を着た次姉・迪子さん。右／その服を迪子さん（右）から譲り受け、嬉しそうな和子さん。

せたい、というのが姉、向田邦子でした。その気持ちが基本にあったと思います。お古の衣類をほどいて、誰も着ていない、どこにも売っていない服を作り上げ、もらった人が喜ぶ顔を見たいと心から思っていたから、徹夜もできた。そしてそんなに喜んでくれるのなら今度はこういうのも作ってみよう、という次の原動力になった。創意工夫して人に喜ばれるものを作りたい、それは邦子の最後まで変わらない姿勢でした。これが第二の柱です。

三つ目のポイントとなったのは雑誌。いまや着こなし方や組み合わせ方など情報が氾濫して、逆にどうしたらいいのかわからないくらいですけれど、邦子の若い時代には何もなかった。そんな時に外国の映画雑誌の編集に携わって、登場する俳優さんたちのファッションを新鮮な驚きをもって見たと思います。自分で服を作っていただけに、こういう服なら体型はカバーできるとか、こう着たらカッコいい、おしゃれに見えるとか、いろいろな観点で雑誌の洋服の写真を覗いていたはずです。そして、これを着たい、となったらそれを手に入れるまで、貧乏暮らしも厭わず目標に向かって突っ走った。象徴的なのは、三カ月分のお給料をつぎ込んで手に入れたジャンセンの黒い水着です。それは悲壮感漂う涙ぐましい努力ではなくて、自分を励ましながら、面白がりながらやっています。面白がるというのが第三の柱。誰にとっても一日は二十四時間しかない、どうやったら早くできるか、どうしたらどこにもないものができるか、なんてことを自分で面白がって夢中でやる。人を喜ばせたい。そして作ったもの、選んだものには責任を持つ。この三本柱は、姉がずっと持ち続け、衣食住の衣についてだけでなく、食にも仕事にも、姉の人生すべてに通底していたと思います。

普通であることの難しさ

姉の服を概観してみると、色も柄も、いま着てもおかしくないと私は思います。没後三十五年近く経っても遺したエッセイが読み継がれ、邦子の食べもの、着るものが注目されている理由は、そこに、人が生きていくうえで当たり前のことがあるからではないでしょうか。けれども、当たり前くらい難しいことはないですよ

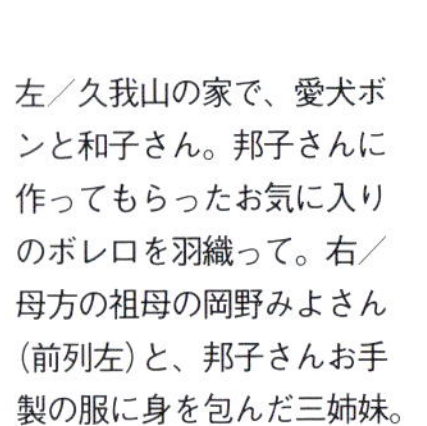

左／久我山の家で、愛犬ボンと和子さん。邦子さんに作ってもらったお気に入りのボレロを羽織って。右／母方の祖母の岡野みよさん（前列左）と、邦子さんお手製の服に身を包んだ三姉妹。

ね。当たり前の難しさ——永遠に廃れない当たり前をいかに摑み取るかという難しさを、姉はわかっていたと思います。

姉の洋服は奇抜でなく、「当たり前」が多いですよね。スタンダードな形で、色も柄も突飛なものはない。チェックや水玉はいつの時代でも着られる柄です。どんな時代が来ても当たり前の普通さをもっているから残っていく。でもそれを選び取ることが難しい。姉はそれが好きだったから、ということもあるかと思いますが、その好きの裏側には、努力や失敗や無駄がたくさんあって、それらすべてが結合されて姉の「好き」がつくられていき、姉に普通のものを選ばせていたのだと私は思うんです。

邦子が身を置いていたテレビの世界は、いわゆる流行に敏感で時代の先端を取り入れなければいけないけれど、一方で、時代の流れに左右されず、時代を超えて残っていく本物もないとダメですよね。邦子は、幼い頃からの持ち前の運動神経の良さを発揮して、捨てるものと本物を、さっと篩にかけていたのではないでしょうか。いわゆる選択技とでも呼ぶような感覚の速さで。そして時間が経っても古びない当たり前のものを摑み取った。そこに邦子の時代を超えた目の確かさを感じるのです。

母と姉の「あ・うん」

姉はエッセイの中で、父が着道楽でおしゃれだったと書いていますが、姉の洋服作りやファッションセンスは母・向田せいから受け継がれ、強い影響を受けたと私は思います。

たとえば姉が何気なく選んでいた柄にも、それが見て取れます。姉から引き継いで私がしょっちゅう着ているワンピース（44頁）のベージュと黒のストライプ柄は、母がお嫁入りの際にこしらえた着物のよろけ縞に通じています。母の実家は当時貧しかったのですが、母を嫁に出す時には最高のものをと、京都に染めに出して持たせたそうです。黒地に濃い朱色のよろけ縞は、母娘にとって思い出深い記憶にある柄。とびきり質の高い染め、品の良い柄、そして鮮烈な赤は、姉の中に深く刻み込まれたのでしょう。ルネであつらえた赤いコート（28〜29頁）も、この着物の記憶から選んだ一着だと思いま

1979(昭和54)年11月、鹿児島にて。左から邦子さん、迪子さん、母・せいさん、和子さん。

す。

祖母が着道楽で、娘である母にも惜しむことなく、小さい頃からいい着物を着せていたそうです。母が子どもの頃、お人好しの祖父が人の借金を背負って負債を抱え、麹町から麻布市兵衛町（現・六本木）に引っ越しました。麻布市兵衛町はお屋敷町で、華族様の大きな屋敷が目の前にあり、地震や火事があれば門を全部開けて近隣の人々を屋敷内に避難させてくれたそうです。母はとても可愛がられ、その家の紹介で宮内庁に行儀見習いに出かけたといいます。また、宮家の出の奥様が、「おせいちゃん、見ておいたほうがいいよ」とおっしゃって、箪笥に収められた衣装をすべて母に見せてくれました。ずらりと並んだ桐箪笥の中には、半襟やら帯揚やら、小物、着物、帯の数々が種類別、色別に収められていたそうです。「こういうのは滅多に見られないからね、見ておきなさい」と。こうして本当に美しいもの、本物にじかに触れた母は、いやでも目が肥えるはずです。

着物に恵まれて大きくなった母は、結婚すると、「もう私は結構ですから」と、自分の着物は一着も作りませんでした。お父さんは気の毒な生い立ちでおしゃれをしたくてもできなかったのだからと、母は父のために、袴から着物から、大島など最高のものをあつらえて揃えています。子どもたちが母に贈り物をしたいと言っても、「私はいらないから、お父さんに買ってください」と言い続けて、一切自分のものを買わせませんでした。

こうしていま、私は母のことを話していますけれど、姉にこそ母のことを書いてほしかったし、姉もそのつもりだったのではないかと思うんです。母からの影響を強く受け、また誰よりも母を理解していましたから。姉は小さい頃から母のすべてを受け入れ、母と姉の間には「あ・うん」の呼吸があったと思います。

姉が『父の詫び状』を書いたのは、父のためではなく、母への贈り物だったと私は思っています。父を立てなければ母は幸せにはなれないということを姉は一番に知っていました。母を喜ばせるためには父を満足させてあげること——そんな思いやりの深さが邦子にはありました。お母さんはこれだけお父さんに尽くして、いい一生を送ったんだよ、と、母を喜ばせたかったのだと思います。〈談〉

和子さんが選ぶ、忘れられないベスト5

Best 1

ベージュと黒のストライプのワンピース

『これは一生着られるよ。どんな時にも着られるからあなたにあげる』と譲ってくれた思い出の一着。姉が亡くなった年のことでした。以来、冠婚葬祭すべてに着用しています。ストライプ柄は母の着物のよろけ縞に似ています」

Best 2

ルネのコート

「がっちりとしていて重たいけれど、私が姉にどんなにねだっても、『これはあげない』と譲ってくれなかった一品。姉には深い思い入れがあったのでしょうが、それが何だったのかわからない。それがちょっぴり残念」

Best 3

Kon-shinのTシャツ

「姉もよく着ていましたが、私も大好きな柄。だから色違いを姉は私にくれました。姉とのお揃いってほかには一着もないので、これが唯一のお揃い。不機嫌だったり顔色が悪い時でもこういう色を着ると明るく元気そうに見えるから、姉は選んだのかな」

Best 4

ポケット付きベスト

「ポケットがあって機能性が高く、いかなる時も着られる、とても姉らしい、私の中でも馴染みの品。じつは後で気づいたのですが、姉が持っていたことを知らないで、私もグレーのものを買っていました」

Best 5

勝負服第一号

「これから勝負に出るっていう仕事着、その第一号ですから、やはりこれも外せません。いろんな意味で、これを着て姉は戦っていたんだと思うんです。姉には大きな意味のあった服だと思います」

最後の服
ツーピース

赤系の地に黒がアクセントになった、シルクとウール混紡のツーピース。フランス製で、ブランドはレオナール。

「姉が亡くなって途方に暮れている時、姉の友人から『これは大切にあなたがお持ちになっていてね』と渡されました。なのでずっと手離せずにいます。姉のそれまでの服とはまったく異なる色合いですね。もしかしたら、五十代に入った姉が先を見据えて、これからはこういう明るい色のものも着ていくのかな、などと思っていたのかもしれません。そんな暗示のように私には思える一着です。姉の友人によると、これは姉が最後に買った服だそうです」

〈年譜〉向田邦子、五十一年の歩み

＊年齢は満年齢

一九二九（昭和四）年　0歳
十一月二十八日　父・向田敏雄、母・せいの長女として東京府荏原郡世田ヶ谷町若林（現・東京都世田谷区若林）に生まれる。

一九三〇（昭和五）年　1歳
四月　栃木県宇都宮市へ転居。

一九三一（昭和六）年　2歳
十月　弟・保雄生まれる。

一九三五（昭和十）年　6歳
二月　妹・迪子生まれる。

一九三六（昭和十一）年　7歳
四月　宇都宮市宇都宮西原尋常小学校に入学。
七月　東京市目黒区中目黒へ転居。
九月　東京市油面尋常小学校に転校。

一九三七（昭和十二）年　8歳
三月　肺門淋巴腺炎を発症し、一年間ほど療養生活。

一九三八（昭和十三）年　9歳
七月　末妹・和子生まれる。

一九三九（昭和十四）年　10歳
一月　鹿児島県鹿児島市へ転居。

一九四一（昭和十六）年　12歳
四月　香川県高松市へ転居。

一九四二（昭和十七）年　13歳
三月　高松市立四番丁国民学校卒業。
四月　香川県立高松高等女学校に入学。
一家は東京市目黒区中目黒へ転居。邦子は高松に残り、市内で下宿生活をする。
九月　邦子も目黒区中目黒へ転居。

一九四七（昭和二十二）年　18歳
四月　実践女子専門学校（現・実践女子大学）国語科に入学。
六月　一家は宮城県仙台市へ転居。弟・保雄と母方の祖父宅に寄宿。

一九五〇（昭和二十五）年　21歳
三月　実践女子専門学校卒業。
四月　財政文化社に入社。
五月　東京都杉並区久我山へ転居。

弟・保雄さんと。

鹿児島で撮影した家族写真。右端が邦子さん。

一九五二（昭和二十七）年　23歳
六月　雄鶏社に入社。「映画ストーリー」編集部に配属。

一九五七（昭和三十二）年　28歳
この年、雑誌記者のアルバイトを始める。

一九五八（昭和三十三）年　29歳
春ごろ、シナリオライターの集団に参加。
十月　初のテレビ脚本「ダイヤル110番」第五十五話「火を貸した男」を共同執筆。

一九六〇（昭和三十五）年　31歳
五月　女性のフリーライター事務所「ガリーナクラブ」に参加。
「週刊平凡」「週刊コウロン」等に執筆。
十二月　雄鶏社を退社。

一九六一（昭和三十六）年　32歳
四月　「新婦人」に初めて向田邦子の名前で執筆。

一九六二（昭和三十七）年　33歳
二月　一家は杉並区本天沼へ転居。
三月　「森繁の重役読本」（TBSラジオ）開始。

一九六四（昭和三十九）年　35歳
十月　港区霞町（現・西麻布三丁目）のマンションで独立生活を始める。

一九六五（昭和四十）年　36歳
この年、連続テレビドラマ「七人の孫」（TBS）のシナリオを共同執筆。人気シナリオライターに。

一九六八（昭和四十三）年　39歳
八月　初の海外旅行（タイ、カンボジア）。

一九六九（昭和四十四）年　40歳
二月　父・敏雄、急性心不全で死去。

一九七〇（昭和四十五）年　41歳
十二月　港区南青山のマンションへ転居。

一九七一（昭和四十六）年　42歳
十二月　世界一周旅行へ。

一九七二（昭和四十七）年　43歳
十一月　「だいこんの花　第三部」（NET）単独執筆。
十六日間のケニア旅行。

一九七四（昭和四十九）年　45歳
一月　「寺内貫太郎一家」（TBS）放映開始。

一九七五（昭和五十）年　46歳
四月　小説『寺内貫太郎一家』（サンケイ新聞社出版局）刊行。
十月　乳癌手術。三週間入院。
十一月　退院。手術の輸血が原因で血清肝炎となり数週間後に再入院。後遺症で右手がしばらく使えなくなる。

一九七六（昭和五十一）年　47歳
二月　「銀座百点」にエッセイ連載開始。（のちに『父の詫び状』となる）

一九七七（昭和五十二）年　48歳
一月　「冬の運動会」（TBS）放映開始。

右／教育映画を製作する財政文化社で社長秘書をしていた頃。21歳。中／上高地での1枚。23歳頃。左／シナリオライター時代。30代前半。

一九七八（昭和五十三）年　49歳

五月　東京・赤坂に「ままや」開店。
七月　「家族熱」（TBS）放映開始。
十一月　初のエッセイ集『父の詫び状』（文藝春秋）刊行。

一九七九（昭和五十四）年　50歳

一月　「阿修羅のごとく」（NHK）放映開始。
二月　鹿児島旅行。
五月　「週刊文春」にエッセイ「無名仮名人名簿」連載開始。
九月　ケニア旅行。
十月　エッセイ集『眠る盃』（講談社）刊行。
十一月　母と妹たちを伴い鹿児島へ。

一九八〇（昭和五十五）年　51歳

一月　「源氏物語」（TBS）放映。
　　　「阿修羅のごとく II」（NHK）放映開始。
　　　「小説新潮」に連作短篇小説「思い出トランプ」連載開始。
二月　北アフリカ旅行（モロッコ、アルジェリア、チュニジア）。
三月　「あ・うん」（NHK）放映開始。
　　　モロッコ旅行。
五月　「週刊文春」にエッセイ「霊長類ヒト科動物図鑑」連載開始。
　　　ギャラクシー選奨受賞（「阿修羅のごとく」「あ・うん」等の創作活動に対して）。
七月　「幸福」（TBS）放映開始。
　　　「花の名前」「かわうそ」「犬小屋」（のちに『思い出トランプ』に収載）で第八十三回直木賞受賞。
八月　エッセイ集『無名仮名人名簿』（文藝春秋）刊行。
十二月　小説集『思い出トランプ』（新潮社）刊行。
　　　紅白歌合戦の審査員を務める。

一九八一（昭和五十六）年

一月　「蛇蠍のごとく」（NHK）放映開始。
二月　「隣りの女」（TBS）のロケハンでニューヨークへ。
三月　「隣りの女」（TBS）のロケハンで再びニューヨークへ。

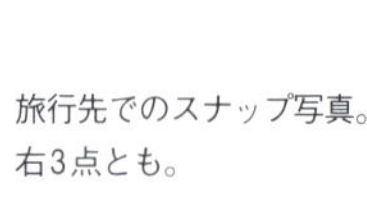

旅行先でのスナップ写真。
右3点とも。

五月　「隣りの女」（TBS）放映。
「続あ・うん」（NHK）放映開始。
ベルギー旅行。

六月　長篇小説『あ・うん』（文藝春秋）刊行。
「週刊文春」にエッセイ「女の人差し指」連載開始。
ブラジル・アマゾン旅行。

七月　「小説新潮」に連作短篇小説「男どき女どき」連載開始。

八月二十二日　台湾旅行中に航空機事故で死去。享年五十一。

九月　エッセイ集『霊長類ヒト科動物図鑑』（文藝春秋）刊行。

九月二十一日　東京・青山葬儀所にて葬儀。

十月　小説集『隣りの女』（文藝春秋）、エッセイ集『夜中の薔薇』（講談社）刊行。

一九八二（昭和五十七）年

三月　第三十三回放送文化賞受賞。

八月　エッセイ集『女の人差し指』（文藝春秋）、小説・エッセイ集『男どき女どき』（新潮社）、『向田邦子全対談集』（世界文化社）刊行。

十月　向田邦子賞が制定される。

一九八七（昭和六十二）年

六月～八月　『向田邦子全集』（全三巻　文藝春秋）刊行。

一九九八（平成十）年

一月　かごしま近代文学館が開館し、常設展示として向田邦子コーナーができる。

二〇〇九（平成二十一）年

四月　生誕八十年を記念して、『向田邦子全集〈新版〉』（全十一巻別巻二　文藝春秋）、『向田邦子シナリオ集』（全六巻　岩波現代文庫）が同時に刊行を開始。

＊本年譜作成にあたり『向田邦子全集〈新版〉』（文藝春秋）を参考にしました。
＊脚本については主要作品のみを掲げました。

NYへドラマのロケハンに行った際の写真。

ドラマの収録現場で、笑顔の向田さん。

向田邦子が愛した土地で触れる、向田邦子の世界

かごしま近代文学館

右／向田さんの遺品の数々を常設展示するコーナー。黒のソファなど、リビングルームを再現した一角もある。年一回展示替え。右下／1階常設展示スペースでは、鹿児島ゆかりの作家たちを作品と遺品とともに紹介している。左下／アプローチの広場に立つ鉛筆形のオブジェはからくり時計になっていて、決まった時間になると人形の楽隊が現れて音楽を奏でる。

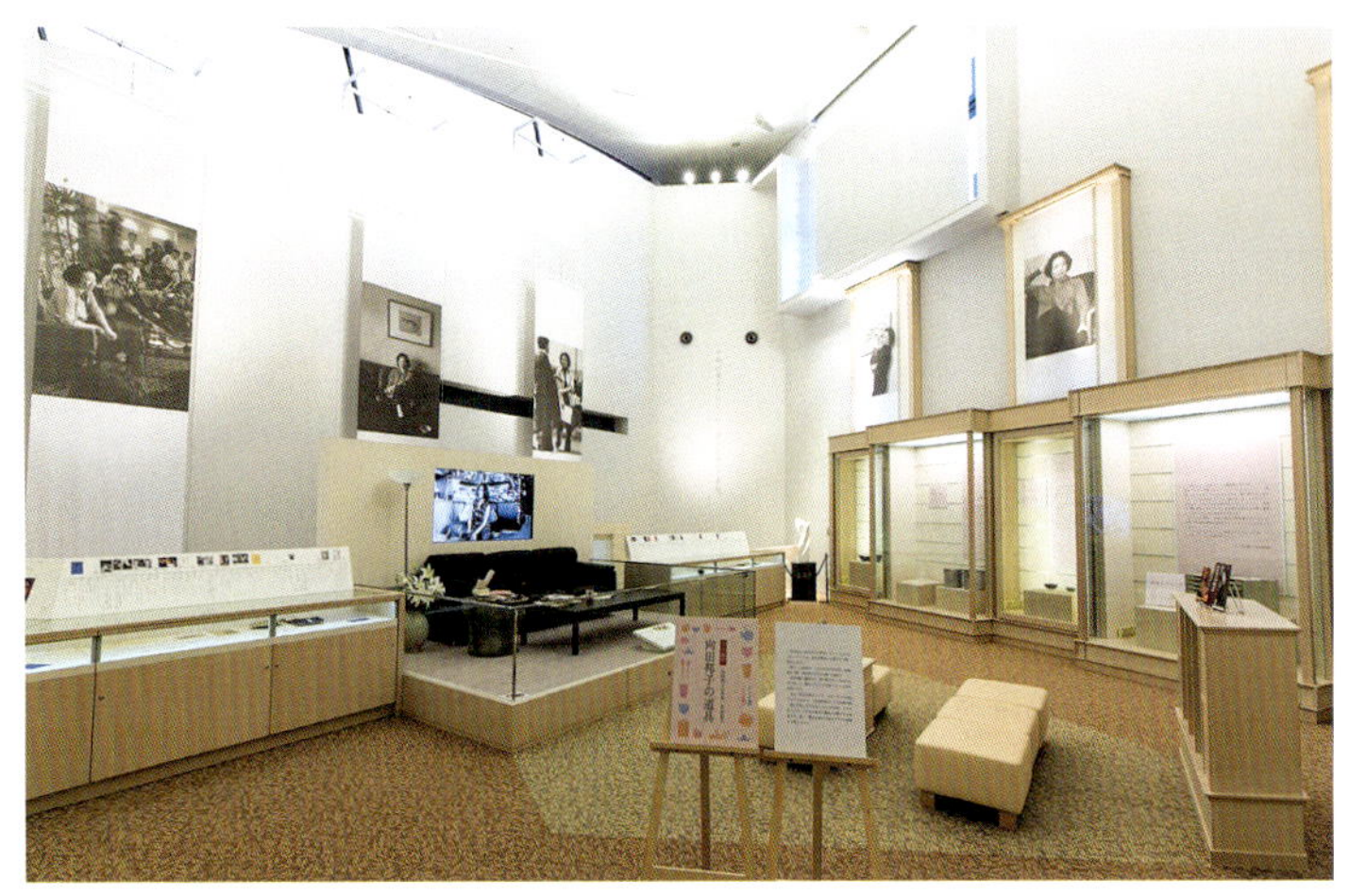

向田さんは多感な少女時代を過ごした鹿児島を、後年「故郷もどき」と呼んで終生愛しました。その特別な地に平成十年に開館した「かごしま近代文学館」は、向田さんの作品世界と人となりを堪能できる資料館。向田家から寄贈された直筆原稿、文房具、器、洋服、アクセサリー、写真などの遺品が約九千五百点もあり、その一部を公開しています。常設のコーナーでは貴重な映像や肉声を楽しめ、また向田さんの身長と同じ高さの彫刻が設置され、向田さんを〝体感〟できます。脚本や小説、エッセイの世界やライフスタイルを紹介する企画展など、工夫を凝らした展示もあり、ファン必見の文学館となっています。

かごしま近代文学館
〒892-0853　鹿児島市城山町5-1
Tel　099-226-7771
Fax 099-227-2653
http://www.k-kb.or.jp/kinmeru
開館時間　9:30 ～ 18:00
(入館は17:30まで)
休館日　火曜日(休日の場合は翌日)、
年末年始(12月29日～1月1日)
観覧料　一般300円、小中学生150円
＊かごしまメルヘン館との複合施設です。

◆本書は、かごしま近代文学館で開催された「続　向田邦子の装い」展（2014年11月19日～2015年3月2日）の図録『装い――向田邦子のおしゃれ術』を増補・再編集したものです。向田和子「姉らしさ――受け継いだ服が語るもの」、原由美子「着ることへの意欲と勘の良さ」、篠﨑絵里子「『ひとつ』を選ぶ――向田さんと私」は本書が初出となります。
◆本文中、向田邦子の引用文は、文藝春秋刊『向田邦子全集〈新版〉』第5巻～第11巻・別巻2を元にしました。
◆本書収録の写真で撮影者が明らかでなく、連絡のとれないものがありました。ご存知の方はお知らせください。

［参考文献］　『向田邦子全集〈新版〉』全11巻・別巻2　文藝春秋　2009～2010年

向田邦子『向田邦子　映画の手帖　二十代の編集後記より』　徳間書店　1991年
「向田邦子の世界――没後十年　いまふたたび」展図録　「向田邦子の世界展」実行委員会　1991年
深井晃子『ファッション・キーワード』　文化出版局　1993年
山口瞳『男性自身　木槿の花』　新潮文庫　1994年
向田和子『かけがえのない贈り物―ままやと姉・邦子―』　文藝春秋　1994年
久世光彦『夢あたたかき――向田邦子との二十年』　講談社　1995年
向田和子『向田邦子の青春　写真とエッセイで綴る姉の素顔』　ネスコ　1999年
かごしま近代文学館編「向田邦子の魅力」展図録　1999年　かごしま近代文学館
「クロワッサン特別編集　向田邦子を旅する。」　マガジンハウス　2000年
向田和子『向田邦子の遺言』　文藝春秋　2001年
『向田邦子をめぐる17の物語』　KKベストセラーズ　2002年
向田和子『向田邦子の恋文』　新潮社　2002年
向田邦子・向田和子『向田邦子　暮しの愉しみ』　新潮社　2003年
文藝春秋編『向田邦子ふたたび』　文春文庫　2011年
太田光『向田邦子の陽射し』　文藝春秋　2011年
「和樂ムック　向田邦子　その美と暮らし」　小学館　2011年
「KAWADE夢ムック　文藝別冊　向田邦子　脚本家と作家の間で」　河出書房新社　2013年
城一夫・渡辺明日香・渡辺直樹『日本のファッション　明治・大正・昭和・平成』　青幻舎　2014年
かごしま近代文学館編「続　向田邦子の装い」展図録『装い――向田邦子のおしゃれ術』2014年　かごしま近代文学館
黒柳徹子『トットひとり』　新潮社　2015年

［写真撮影］
野上透……………………p31下右
田村邦男…………………p55左上、p64、p66、p89上、p125左
久米正美…………………p60（「ミセス」　文化出版局　1979年10月号掲載）
文化出版局写真部………p87上
早崎治……………………p97
青木登（新潮社写真部）……扉、p4、p28～29、p52～57（ポートレート以外）、p75、p76左、p78～p79、
p84～p86、p87下、p96、p106～115（p108のポートレート2点以外）、p121、p126

［写真提供］
向田和子…………………田村邦男撮影とかごしま近代文学館提供以外のポートレート写真すべて
かごしま近代文学館……ポートレート写真についてはp15、p41、p47下、p51下、p60、p77、p81下左、p90右下、p97
服と小物の写真については青木登撮影の写真以外すべて（撮影者は中村一平／リアライズ）

朝日新聞社………………p50右上
文藝春秋…………………p90右上
実践女子大学図書館……p97の手紙に描かれたイラスト

［ブックデザイン］　中村香織

［シンボルマーク］　nakaban

とんぼの本

向田邦子（むこうだくにこ）　おしゃれの流儀（りゅうぎ）

発行　2015年5月30日
5刷　2021年12月5日

編者　向田和子（むこうだかずこ）　かごしま近代文学館（きんだいぶんがくかん）
発行者　佐藤隆信
発行所　株式会社新潮社
住所　〒162-8711　東京都新宿区矢来町71
電話　編集部 03-3266-5611
読者係 03-3266-5111
ホームページ　http://www.shinchosha.co.jp/tonbo/
印刷所　大日本印刷株式会社
製本所　加藤製本株式会社
カバー印刷所　錦明印刷株式会社

ISBN978-4-10-602259-3 C0395